dear+ novel

The Island closest to Love・・・・・・・・・・・・・

恋にいちばん近い島

川琴ゆい華

新書館ディアプラス文庫

恋にいちばん近い島

contents

illustration : 小椋ムク

恋にいちばん近い島

【急募！　短期高収入保証！　健康、明るく、忍耐力があり、動物好きで、家事全般をこなせる方。調理経験者大歓迎！】

高く昇った太陽の下、翠《すい》は海風にばたばたと煽《あお》られる『募集要項』を両手で握りしめ、貨客船・おがさわら丸の甲板《かんぱん》に立っている。わざわざここにいる必要はないのだが、船に乗るのは二十六年の人生ではじめてなので、いかにも船旅らしい雰囲気に浸《ひた》ってみたかったのだ。

翠がこれから向かうのは本土から南南東に約千キロメートル、太平洋上にある小笠原諸島《おがさわらしょとう》・玄孫島《やしゃごじま》だ。渡島手段は船しかないせいで、同じ東京都なのに片道二十五時間もかかる。

「……稼《かせ》がなきゃ。人が生きていくためにはとにかく金が必要だ。愛じゃなくてまずは金だ」

翠は空と海に向かって、身も蓋《ふた》もない持論をぶちまけた。

『愛さえあれば他に何もいらない』なんて、お花畑で恋人と手と手を繋《つな》ぎ見つめ合っているような、お幸せな人たちの睦言《むつごと》だ――そう言い切ってしまうほど今とても翠の心は荒《すさ》んでいる。

月給三十万、半年間勤め上げたらボーナス付きで総支給額二百万円――きっと身の危険を感じるレベルの仕事なんだと疑ってかかったら、寮管理・調理責任者の仕事だった。平たくいえば複数の住人のお世話をする寮母さん的役割を担《にな》えばいいわけだ。

翠は幸いにも調理師免許を持っており、十六歳から実務経験がある。

預金通帳の残高は三桁《けた》。職も住むところも失った身で、迷っている暇も、理由もなかった。

ただし、即採用、高収入保証には当然それ相応のオチがあった。

仕事内容として書かれている『その他雑務』は不穏な伸びしろを予感させるし、『法定・所定休日』の項目はしれっと空欄《くうらん》だ。その下の『施設の環境』には『ガラケー・スマホは圏外《けんがい》、地上デジタル放送なし、十キロメートル以内にコンビニや遊興施設なし』と同じ東京都とは思えない事柄《ことがら》が記されている。

普通に考えて現代人に必要不可欠、もしくはあれば便利と定義されるものがひとつもない場所、ということだ。

船は繁忙期《はんぼうき》でも三日に一回の出港なので、一度渡れば簡単に本土には戻れない。世界遺産の島ゆえに細かな規制や決まり事もある。

しかしその微妙に過酷《かこく》な条件が逆に決め手になった。

世俗から完全に離れた生活、金を使うところがないから貯《た》まる一方、半年後には総額で二百万円もの大金が手に入る。都心へ戻ったらそれを元手に部屋を借り、働き口を探すつもりだ。

「これで貧乏くじ引きっぱなしの人生をリセットする」

翠は雲ひとつない深く澄んだ青空に向かって、静かにかつ力強く決意表明した。

「……うぐ……最悪……」

強烈な船酔《よ》いだ。吐き気で何も食べられなかった。

二十五時間の船旅のうち二十時間は寝ていたせいで、船内に備え付けの鏡に映《うつ》った顔はむくんでいる。いつもはすっきりとした二重瞼《ふたえまぶた》の目は死んだ魚みたいだ。ミディアムショートの髪はぱさぱさだし、頬にマスクのゴム跡がくっきりついているしで、自分でもため息が出るくらいみすぼらしい。

十数分後には勤め先となるボニンハウスの人と対面する予定なのに、身なりを整える気力も体力も完全に喪失《そうしつ》している。

やがて船が父島《ちちじま》の二見《ふたみ》桟橋《さんばし》に接岸し、やっと下船できたことに翠は心底安堵《あんど》した。

「まぶし……」

あと三十分で正午、四月末というのに夏を思わせる太陽がほぼ真上から照りつけてくる。空の色も、海の色も、本土で見るそれよりずいぶん鮮やかに映った。

港ではやたら明るい笑顔の島民たちがスチルドラムを演奏したり『ようこそ小笠原へ！』のプレートなどを掲《かか》げて、乗船客らを出迎えている。

身体の幅《はば》より大きなボストンバッグのせいでバランスが取れないのと、まだ船に揺られているような感覚で足元がふらついたとき、いきなり横から腕を摑《つか》まれた。

「こっちだ」

え？　と顔を上げるとその相手が何者なのかが分からないまま翠は腕をぐいぐい引っ張られて、強引な速度と歩幅で歩かされる。

「ちょ、ちょっと」

「ボニンハウスがある玄孫島はここから二十分ほどだ」

勤め先の住人なのだろうか。百六十五センチと小柄《こがら》な翠は、二メートルくらいあるんじゃないかという長身の男を見上げて目を眇《すが》めた。逆光でますます相手の顔が見えづらい。

なんでおれだって分かったんだろ？　と疑問が湧いたが、顔写真付きの履歴書《りれきしょ》を提出していたからだと思い当たった。

「あ、あの、はじめまして。お世話になります、遊里道《ゆりみち》翠です……」

こんな連行されているような状況でどうかとも思ったけれど、最初の挨拶《あいさつ》が肝心《かんじん》だ。

翠の挨拶に男がこちらをちらりと見た気がした。なのに「……あぁ」と返ってきただけ。無愛想さに戸惑いつつ辺りを見てはっとした。男の足はマリーナへ向かっている。

「……えっ？　玄孫島はここから二十分って……また船に乗るのっ？」

脳みそまでくらくらしているのか、内容を理解するのに時間がかかってしまう。

やっと男がとまって振り向いてくれた——のと同時に急停止でボストンバッグが肩からずり落ちた。ちょっとした振り子状態になり、翠がよたついているうちに男にバッグを取り上げられる。

「あっ……」

「船酔いしたんだろ。……持ってやる」

男子として情けない、と我ながら思うけれど、「持ってやる」と言われたときにはすでにバッグは相手の肩に引っかけられていたし、男はこちらの反応は待たずに再び翠に背を向けて歩き出していた。翠も慌ててあとを追う。

「おが丸は東京と父島を往復するだけだ。他の島へ渡るのに橋なんかない」

「すみません……船に乗ったのはじめてで。船酔いがこんなにつらいとは……」

気遣《きづか》ってくれるし、ぶっきらぼうだけど無視されることはないし、悪い人ではなさそう——と、翠はあまり盛り上がりはしない会話でもそこそこ好意的に受け取った。

目の前を歩く男はワイルドな印象の黒髪のショートヘアー。ダークグリーンのTシャツに膝《ひざ》下丈《したたけ》のハーフパンツ、足元はビーサン。肩幅が広くて、荷物を持ってくれている腕にも、出ている脹《ふく》ら脛《はぎ》にもほどよく綺麗な筋肉がついている。

——身体つきがかっこいいなぁ……。

ぼんやりした頭でも、彼の前に回ってちゃんと顔を見たい……なんて邪《よこしま》なことを考えていたら、係留《けいりゅう》されている一艘《いっそう》のプレジャーボートに男が乗り込んだ。

屋根付きの操舵室《そうだしつ》には壁伝いに六人くらいは座れそうなシートがあり、こんなボートに乗るのもはじめてできょろきょろしてしまう。

「艇首右舷《おもてうげん》側に座って。揺れるからしっかり摑まれ」

「おもてうげん？」

素直に疑問を投げかけると「進行方向の前方右側」と振り向いた横顔がちらりと見え、翠は目を瞠《みは》った。

意思の強そうな凜々《りり》しい眉《まゆ》に鼻筋がすっと通っていて、身体つきがかっこいいだけじゃなく、どうやら顔も相当な男前のようだ。

しかし彼の容姿に対する期待で気が逸《はや》るというより……。

「………」

横顔を見た瞬間、なぜだかざわっと胸の奥が波立ったのだ。

――もしかして、どこかで会ったっけ？　それとも誰かに似てる？

はっきりしない疑問と謎《なぞ》の緊張感を抱《かか》えたまま、ボートは離岸した。

アクティビティーの客を乗せたプレジャーボートやクルーザー、沖合《おきあい》のブイに係留された船、海上自衛隊が運用する輸送艦も周囲に見える。

二見港を出た辺りで身体に急激な加速Gがかかって、翠は「わっ」と声を上げた。視界が大きく振られてシートの肘《ひじ》掛《か》けにしがみつき、目についたアシストグリップに摑まる。

「暴走っ……！」

海のギャングかと疑うほどの猛スピードで走行し、二十分ほど経《た》って玄孫島の桟橋に着いた頃、翠は再びぐったりしていた。

「今日は少し波がある。ゆっくり走ってもどうせ船酔いする」

それほんとなんですか、という返事すらままならない。

吐《は》き気をどうにかこらえて下船し、桟橋を出る手前で用意されていたスリッポンに履《は》き替《か》えさせられた。訳も分からないまま、それまで履いていた靴《くつ》はビニール袋に入れる。

荷物は完全にお任せして覚束《おぼつか》ない足取りでただ必死に男のあとを追った。

じりじりと照りつけてくる太陽に後頭部を焼かれているような気がする。

「着いたらとりあえず挨拶だけすませて、しばらく休めばいい」

「……すみません……」

不甲斐《ふがい》なさと気持ち悪さで、二十分ほど前にあった彼への興味も疑問も頭からすっかり欠落している。

舗装《ほそう》されていない道を数分歩くと、モルタル二階建てのアパート風の建物が見えた。

青い外壁が目を惹《ひ》く。その脇に背が高い木生《もくせい》シダ、その下には白い花をつけたヒメツバキ、南の島を感じさせる大きな葉が特徴的なモモタマナと、多くの緑に囲まれている。

入り口に『小笠原研究所　玄孫島分室・ボニンハウス』の木製看板を見ながら、「そういえば、ボニン、ってどういう意味なんですか?」と翠は訊《たず》ねた。

「小笠原は昔、無人と書いて『ぶにんじま』と呼ばれてて、外国人がボニンアイランドと聞き間違えた。それからこの辺りの海の色をボニンブルーと称してるらしい。この外壁の色もそう」

「あぁ……なるほど」

深くて鮮やかなボニンブルーの建物に入ると、室長と所員が四人、つまり翠が半年間お世話をすることになるメンバーが一階のリビングダイニングに集まっていた。

シャツにスラックス姿の室長以外は全員がダンガリーシャツやサファリシャツに多機能ポケット付きのベスト、カーゴパンツというようなレンジャー風で、研究所といっても皆だいぶラフな格好だ。

翠を迎えにきてくれた暴走ボートレーサーな彼も、横並びのメンバーの端に立つ。それでやっと正面からの顔が明らかとなった。

ボートの操舵室でちらりと見えたときの印象に間違いはなく、薄い頰に男らしく精悍《せいかん》な顔立ち、力強い眸《ひとみ》に引き込まれる。五人の中でいちばんの長身で、両手をうしろで組んで立っているだけなのに絵になるほどいい男だ。

つい見とれていると、彼もじっと翠を見つめてくる。

——やっぱりどこかで会ったことあるような……。

ふと、中学時代の初恋の人の面影《おもかげ》とオーバーラップした。

はじめて彼氏ができて、はじめて失恋をしたのは、十三年くらい前のこと。

室長に自己紹介を促《うなが》され、はっとした。

「遊里道翠、二十六歳です。都内で調理師として働いていました。独《ひと》り暮らしが長いので、料理だけじゃなく家事全般ひととおりこなせます。よろしくお願いします」

頭を下げると「明るくて元気がいいね」と室長が朗《ほが》らかに微笑《ほほえ》んで、ボニンハウスについて簡単に説明してくれた。

ＮＰＯ法人・小笠原研究所の本部は父島の真ん中辺りにある。その父島からこの玄孫島までは（暴走ボートで）二十分の距離。島の大きさは約十五平方キロメートル、渋谷区とほぼ同じだ。歩いて一周するなら四時間はかかる。

潮《しお》の流れの関係で離着岸できないことが多く、昔から「近付くと島の神が怒って海が荒れ、大地震が起こる」との言い伝えがあり、人が近寄らない孤島だった。そのため他の島に比べて、外来種による固有種の攪乱《かくらん》が少ない。現在は生態系を維持《いじ》するために、厳重《げんじゅう》に保護、研究、調査を行っている——とのことだ。

「室長の村瀬《むらせ》です。年は五十五歳。父島の本部で家内が働いています。こっちから順に、リーダーの藤井《ふじい》は四十二歳、奥さんとお子さんは去年都内から父島に越してきた。その隣の森《もり》が三十四歳、独身。最年少の山田《やまだ》は二十六歳」

紹介された順に「よろしく」と挨拶されるのに合わせて、翠もひとりひとりに頭を下げる。

藤井はラガーマンのように高さも横幅もあるがっしりとした体型で、隣の森がますますほっそりして見える。アッシュブラウンの短髪が似合っている山田は「大翔《ひろと》です」と下の名前を添えて挨拶してくれた。他のメンバーはグレーやブラウンのトレッキングシューズを履いており、最年少の彼の靴だけオレンジとイエローのツートンと明るいシティー仕様で目立っている。

そこまでは身長降順で、最後はにょきっと長身の彼。

「で、端のいちばんおっきいのが奥田《おくだ》で二十八歳」

奥田、と紹介され、翠は瞠目《どうもく》し小さく息を飲んだ。

ただの偶然だろうか。十三年前の初恋の人と同じ名字で、見れば見るほど彼に似てる、としか思えなくなってくる。

「……はじめまして。奥田麦央《むぎお》です」

胸がばちんとショートして、一瞬息がとまるかと思った。衝撃を身の内で受けとめ、ぎゅっと拳《こぶし》を握る。

無表情のまま軽く会釈《えしゃく》されて、翠もおずおずと頭を下げた。

――やっぱり……ムギだ。

名前で確信した。キラキラネームが話題になる時代に『むぎお』の名は逆に印象的だった。当時は自分の『遊里道』という珍しい名字を引き合いに、翠が話しかけたのだ。

十三年もの時間が経過し、かなり身長が伸びたようだし、記憶の中の中学生だったムギとは体格も顔つきもずいぶん変わっている。

――昔も長身でかっこよかったけど……。

今は野性っぽさと色気が滲《にじ》む大人の男。誰もがチラ見しそうなほどのイイ男だが、街ですれ違ったとしても初恋の彼と気付けない変わりようだ。

茫然《ぼうぜん》としていたら、無愛想なムギの自己紹介を大翔が補足してくれた。

「みんな奥田さんのことは『ムギさん』って呼んでる。で、俺は大きい翔って書くから、下っ端だけどあだ名は『たいしょう』です」

「ボニンハウスに来てまだ一ヵ月なのにいっぱしに『たいしょう』だもんな」

リーダーにつっこまれて、大翔は「苛《いじ》めないでくださいよー」とにこにこ笑う。

弄《いじ》られキャラの彼と翠は同じ年だ。人懐っこいかんじで仲良くなれそうだな、と感じられて嬉しい。

——でもムギは……。

ちらりと窺《うかが》うけれど、その視線に気付いているのかいないのか、自身のことが話題に上《のぼ》っているのに今度はムギはちっとも目を合わせてくれなかった。しかも挨拶の際に「はじめまして」と言われてしまったのだ。

提出しておいた履歴書をムギが見たのか分からないが、他の乗船客もいる中で迷うことなく翠の腕を取りここへ連れてきたのだから、気付いていないとは考えにくい。

つまり、過去の関係を明かしたくないのはもちろん、知り合いとすら言われたくないとの意思表示なのだろうか。

ムギはそもそもゲイじゃないから、こちらが気を遣って接することになるのはかまわない。しかし翠だってオフィシャルなところで「元彼だ！」と言いふらす無神経さはないのに、先にこれほどあからさまな線引きをされると、けっこう切ない気分になる。

——そもそも元彼だなんていっても、中坊のおままごとみたいなもんだったし……。

ムギが中三で、翠が中一。男に好意を向ける翠にとって、初恋を成就《じょうじゅ》させるハードルは天より高いところにあって、羽でも生えてなきゃ超えられないものと思っていた。

『彼氏』という存在に憧《あこが》れる年頃に同じ進学塾で出会い、恋心がバレたのをいいことに好き好きと翠が押しまくって、ほだされたムギがつきあってくれた。

当時はムギと会えるだけでただただ楽しく、同じ学年の友だちや親にも明かせない悩みをいろいろ話していた。純粋に幸せな時間だった。ムギとのすべてが翠にとって心のよりどころだった。

たった八ヵ月間で終わった恋だけど、今となっては懐かしい思い出だ。だからここで過去を暴露《ばくろ》などしなくていいから、ムギには当時のことを否定されたくない。好き、と言ってくれたあの瞬間の気持ちだけは真実だったと、綺麗な夢くらい見ていたいのに。

「何か分からないことがあったら、ムギくんに訊《き》くといい」

ムギにはあまり関わらないように気をつけよう、と思ったのと同時に室長からそう言い渡されて、内心で動揺しているのをどうにか隠しながら「よろしくお願いします」と頭を下げた。

翠に割り当てられた部屋は階段を上がって二階のいちばん奥、ムギの隣室。向かいが山田大翔の部屋だ。風呂やトイレなどは共同、リビングダイニングも共有スペースとなっているあたりはシェアハウスみたいな造りといっていい。

ボニンハウスで寮母の役目をしていた前任者の小松《こまつ》という女性は、今は本土の娘さんのところへ出産の手伝いに行っているらしい。仕事内容の引き継ぎをして翠と入れ替わるはずが、娘さんに切迫早産の危険があったため、数日前にここを出たとのことだった。

「小松さんは半年後に戻ってくる予定。暮らしやすいとは言いにくい島だけど、それまではいろいろ耐えてもらうしかないかな」

リーダーにひとまず部屋の位置関係と避難経路だけ説明してもらい、仕事内容を記した『小松ノート』を受け取って、翠はしばらく自室で休むことにした。

オフホワイトの壁紙にフローリングの部屋の広さは六畳ほど。机にもなる収納棚とベッドがあるだけで、そのセミダブルベッドがだいぶスペースをつぶしている。娯楽《ごらく》や遊興施設がない島だからせめてゆっくり休めるようにという配慮《はいりょ》なのだろうか。

ベッドに腰掛けて、床にボストンバッグを置いた。

開けた窓からは海が見える。海風が吹き込むから思ったより快適だけど、夕凪《ゆうなぎ》の時間帯には湿度が上がるらしい。平均気温も湿度も東京都心より少しだけ高め。夏は本土と大差ないが、冬でも気温十五度を下回らないとのことだ。

『小松ノート』を開いてはみたものの、手書き文字を見ていると頭がぐらぐらする。

翠はベッドに寝転んだ。目を閉じれば、さっきのムギの姿が瞼に浮かぶ。翠と正面から向き合ったムギが無感情な顔つきで「はじめまして」——今になって胸がずきんと痛み出した。

過去のことに触れるな、という威圧かと思ったけれど、もしかして本当に忘れてしまったんじゃないだろうか。いっさい思い出したくないほどの黒歴史としてカテゴリーされているのではないだろうか。

うしろ向きな妄想《もうそう》を打ち消すつもりで半身を起こして、ボストンバッグから薄型のポーチを取り出した。その中には預金通帳と印鑑が入っている。

横になって通帳のページを捲《めく》り、翠はため息をついた。

「……何度見ても変わらないか……」

事態に気付いた瞬間のナイフで胸を抉《えぐ》られたようないやな動悸《どうき》がよみがえる気がして、再びページを閉じる。

預金通帳の残高が三桁なのは、決して翠が無駄遣いしたわけじゃない。賭《か》け事《ごと》はきらいだし、貢《みつ》ぎグセもなく、投資にも興味はない。一発逆転を狙《ねら》うより堅実に慎《つつ》ましく生きてきたから、三桁になる前は七桁の金が貯まっていた。

それを恋人だと思っていた男に、根こそぎ奪われたのだ。

「今の職場より条件がいい店で働いて、俺のアパートで一緒に暮らせばいいだろ」と唆《そそのか》され、仕事を辞めて彼の部屋へ引っ越し、一週間もしないうちに男は翠の金を持って逃げた。しかもその部屋は別の人物の名義で契約されており、留守中に男がそこを又借りしていただけだった。「副料理長《スーシェフ》としてきてほしい」と面談に使われた店も店主も偽者《にせもの》、条件のいい勤め先など最初からなかったのだ。

銀行口座の暗証番号をスマホのロック解除ナンバーと同じにしていたのは今世紀最大の失態だ。翠はもう百回くらいは心の中でバカな自分を撲《ぶ》った。今この瞬間にも外に向かって「わー!」と叫びたい衝動に駆られる。

被害届は出したが、翠の金を持ち逃げした男の行方は二週間経《た》っても分からない。金が返ってくるのをただ指を咥《くわ》えて待っているわけにもいかず、新しい働き口を探すしかなかった。

そんなとき環境省に知人がいるという後見人に紹介されたのが、ハローワークでは扱《あつか》わずに信頼ある人伝手《ひとづて》に募集していた、玄孫島・ボニンハウスでの仕事だった。形式的な面接で即採用されたのは翠の職歴と、交替までにあまり時間がない前任者の事情が加味されただけでなく、紹介してくれた人物の口添えがあったからだ。

新宿三丁目でバーを経営している後見人の春日《かすが》には、十四歳の頃から何かと面倒を見てもらっている。はじめての就職も独り暮らしを始めるときも、春日が世話をしてくれたおかげで生き延びられた。

だから自分の迂闊《うかつ》な失態を思い返せば、彼に対しても申し訳ない気持ちになる。

「最初から金目当てだったんだろうね。そういう恋愛詐欺師《さぎし》みたいな輩《やから》は、一生懸命がんばってる人間を狙うんだってよ。ヤツには翠がそう映ったってことだね」

ひどく落胆《らくたん》する翠を、春日はそう言って慰《なぐさ》めてくれた。

十代の頃ならまだしも、恋人がいる春日の家に転がり込むようなことはできない。

中卒で求職中だろうと、住むところがあれば、あるいは残金三桁なんて状況でなければ、まだどうにかなったのに。ついていないときはとことんだ。

「すぎたことを考えたってしょうがないよな」

通帳はもとのところにしまい、少しだけ眠ろうと翠は目を閉じた。

★

それは鈍色《にびいろ》の床の上で星みたいにきらりと光る、恋のはじまりだった。

中学入学を機に通い始めた進学塾のエントランスで、翠は一枚のＩＤカードを拾った。

塾の入り口には入退出の時間を記録するためのカードリーダーが設置されている。記録するだけでなく、保護者には『何時何分に到着しました』などとメールで通知される仕組みだ。

「『世田谷第〇中学　三年　奥田麦央』……むぎお……」

翠のふたつ年上の、知らない人。

ゴールデンウィーク直前の少し肌寒い夜、翠はぐるぐるに巻いた星柄ストールの中で、ちょっと個性的な響きの名前を繰り返し呟いた。

周りを見回したが、それらしき人影はない。

ＩＤカードはここを出るときにも必要だ。ないと困るだろうと思ったが、時間的に三年生のゼミは始まっているだろうし、途中で外から声をかけることはできない規則となっている。それに翠自身もあと三分以内に着席していないと「やる気がない者は帰りなさい」と帰宅させられてしまう。そうなったときには厳《きび》しい両親に言い訳は通用しない。

今日は三年生と同じ時間にゼミは終わるはずなので、翠はとりあえず奥田麦央のＩＤカードを上着のポケットにしまった。

ゼミが終わってすぐに翠は教室を飛び出し、エントランス付近で彼を捕まえることにした。そこで上級生から「黄色の服着たでかいやつが奥田」との情報を得て、五分ほど待っただろうか。

奥田麦央は、塾で何度か見かけたことのある男子生徒だった。中学生から高校生まで百八十人くらいいる生徒の中で翠が彼の顔を覚えていたのは、「あの人かっこいいな」と目で追ったことがあったからだ。

カードリーダーを通過するための列に並ぼうとしていた彼に声をかけた。

中学生男子平均身長、百六十八センチをだいぶ下回っている翠は、それをだいぶ上回っている彼をどきどきしながら見上げる。

中一の翠は彼と比べて、自分がひどく幼く思えた。

彼はすらりとした体型で腰の位置が高く、汚い言葉などおおよそ使わなそうな上品な顔立ちだ。全身から育ちの良さが滲《にじ》み出《で》ている。制服もしくは紺か黒かベージュのアウターが多い中、マスタードイエローのパーカー付きブルゾンなんて着ているあたりも、ただ者じゃない感が漂《ただよ》っている気がした。

名前と顔は一致したけれど、見目と古風な名前がどこかちぐはぐな印象だ。

「あの、拾ったんです。そこで」

IDカードを差し出すだけのことなのに、ひどくどきどきする。

目が合うと、チョコレートシロップみたいな深い焦《こ》げ茶《ちゃ》色の眸に捕まって逸《そ》らせない。

彼は翠の手元を見て、上着のポケットの両方を順に探った。

「あ……ほんとだ……ない。ありがとう」

きっとカードリーダーに通したあと、カードをポケットに入れたつもりで落としたのだろう。ありがとう、の言い方も控《ひか》えめな笑顔も全部、胸に刺さってくる。刺さるというより、翠の心の真ん中を『射《い》ってくる』という言葉が適当だ。

至近距離から繰り出されるスーパーボーイっぷりに圧倒されてぽかんとしていたら、無遠慮な視線に気付いた彼が「……え、何？」と問いかけてきた。同時に「ムギ！」と出口で待つ友だちに呼ばれて「先に行ってて」とそちらに手を振り、再び翠と目線を絡める。

——何か喋《しゃべ》らなきゃ……！

一枚のＩＤカードが繋げてくれたこの瞬間を、無駄にしてしまうのはいやだ。

「あ、あの、おれの名前……も、ちょっと変わってて、いや、珍しくて」

言い直したけれど、彼はこういう指摘に慣れているのだろう。気にしたふうでもなく、唐突に翠が右手で突き出したＩＤカードを覗き込んで小首を傾《かし》げている。

「……どこで切ったら……」

遊里道翠、と続けて書くと、『道』の前で切るのかと一瞬混乱されるのだ。

「遊里道、翠」

「あぁ……ゆりみち。珍しい名字だな」

返事をしようとしたら、漫画みたいなタイミングでおなかが「ぐうっ」と鳴った。え、今のなんの音？　という顔をされてごまかそうと首を振る。するととんでもない言葉が彼の口から出て、そっちに瞠目することになった。

「……おなら？」

綺麗な顔をして「おなら」なんて、ぜったい言わなそうなのに――いや、そんな問題じゃなく！

思春期の男子としてはいちばん避けたいシモ系の誤解だ。それで「おなかが！」と中途半端にした弁解を、今度は「あぁ、ゲリ？」とますます変に誤認される方向へ。

「違いますっ、食べずに来たからおなかがすいてて！」

早口で説明すると、彼は「ふふっ」と短く笑い、王子様がするように翠の手を取ってIDカードをもう一度覗き込んだ。

「杉並東《すぎなみひがし》〇中学……何線？」

至近距離で眸を覗かれて、はうっ、と声にならない吐息《といき》がこぼれる。摑まれている手首から尋常《じんじょう》ではない心音が伝わる気がして、慌てて一歩退いてIDカードをケースにしまった。

「い、井《い》の頭線《かしら》」

「俺は京王《けいおう》線。途中まで一緒だな。あ、その辺で何か食べる？　拾ってくれたお礼に奢《おご》る」

耳に心地のいい声と、穏やかで誠実そうな話し方だ。

「でも、さっき『先に行ってて』って……」

「約束してるわけじゃないから、来なけりゃ来ないで帰るだろうし」

実直そうで、ほどよく粗雑。あちこちから繰り出される意外性に釘付《くぎづ》けだ。待っているかもしれない友だちの件が解決したら遠慮なんてする気はゼロになり、隠せない喜びで顔がほころぶ。それを見て彼はなんとも優しげに、高貴な者のような笑みを浮かべて、翠に「中華まんでいい？」とこれまた言いそうにないワードで問いかけた。

寄ったのは駅前のコンビニで、買ったのはデミグラまんとチーズカレーまん。翠がどっちにするか迷っているのを見ていたらしく、二種類を半分こにしてくれた。

恋に落ちるのは、リンゴが木から落ちる速度よりも速かったかもしれない。

それから塾で顔を合わせると話すようになり、新宿《しんじゅく》駅から乗り換えの明大前《めいだいまえ》駅までのたった二駅ほどを一緒に過ごしたいために、翠は自習室で時間を潰《つぶ》して彼が終わるのを待つこともあった。

「翠」と呼ばれて「ムギ」と返したら、そのまま許されたからふたつ年上なのに呼び捨てだ。好きになったら一直線。ムギのことで頭がいっぱい。想いがバレたらどうしようとか、バレないように努力するほうに気が回らない。

ムギは最初の印象――口数は少なく優しくて上品な見た目なのに、喋ると意外とおもしろい――から変わらず、以降もがっかりさせられる要素はひとつもなくて、翠の想いはますます募《つの》った。

冗談で「おまえらデキてんの？」なんてムギの友だちにからかわれても、ムギは否定したりせずただ微笑むだけで、そんなところもますます好きになる。

このままいけば高校受験、中学卒業……でもムギは高校に進学したあとも同じ進学塾に通うと言っている。だから、好きだと伝えるより、今の関係が続くことのほうが翠には重要だった。

でも、告白できなくていいからせめて写真くらい欲しい。好きな人の姿をいつでも眺められるように……と携帯でムギを隠し撮《ど》りしてみたけれど、すごく小さくて満足できない。

もっと表情が分かるアップの写真を手に入れたいと欲を掻《か》いて、作戦を立てた。

「携帯の電話帳に登録する用の写真撮っていい？」——他の人はみんなデフォルトのグレーのシルエットアイコンなのに。せめて友だち何人かを先に個別登録しておくとか、辻褄《つじつま》合わせが必要だったのだ。

塾帰りのハンバーガー店で、テーブルに置いていた携帯に友だちから電話がかかり、着信画面を見られて即バレた。

「他のやつは写真撮ってないんだ？」

「え……あ、……」

「……俺だけ？」

「……え、……そ、うじゃないけど……」

「俺だけ？」

断定するように問いを重ねられ、あの眸にまっすぐに射られたら嘘はつけない。

そもそも恋心に気付かれていたのだ。何かをきっかけにして、ムギは確信を得たかったのかもしれない。自分を突き放すためかと最初は思って翠は落ち込んだけれど、ムギはべつに拒絶なんてしなかった。

だから調子にのった。内心は死ぬほどどきどきしながら「夏休みに一回でいいからデートして」とお願いしたのだ。

これまでは女の子が恋愛対象でデートの相手だと思っていたムギは驚いていたけれど、「いいよ」とＯＫしてくれて、夏期講習の前期日程が終わった日にデートした。

いくらなんでも最初で最後のデートだろうからと、写真もたくさん撮った。アイスカフェテの下に敷かれていたコースターまで欲しがってムギを呆《あき》れさせたものの、いやがりはしなかった。押せ押せで行ったというより、成熟しきった『好き』がぱんと弾《はじ》けてしまっての翠の言動を、ムギは微笑んで好意的に受けとめてくれたようだ。

奇跡がおこって、デートの最後には「今度はどこ行く？」とムギが言ってくれた。夢でも見ている気分で、夏休み中にもう一度ふたりで遊ぶ約束をした。

普通の友だち同士で遊びに行くのとなんら変わりはないけれど、たとえ一方通行でもそこに好きという気持ちがあればそれは『デート』だ。

夏が終わって秋が来て、何度か休日に会うようになっていた頃、塾の帰りに「今日ちょっと寒いね」と呟いたら「俺はあったかいよ」とムギから手を繋いでくれて、あまりの嬉しさに死ぬかと思った。

すっかり舞い上がり、デートだって何回かしたしなんかこれってつきあってんのかな、と疑問が湧いたら翠は黙っていられなかった。

「つ、つきあって、る？　いつの間にか」

いつもいっぱい喋るのは翠のほうで、ムギはそれに対して短いセンテンスでおもしろい返しをしてくれる。でもさすがに返答に困ったのか沈黙が長かった。

これは失敗した、調子にのりすぎたと後悔しかけたとき、ムギが「ん……」と硬い声を絞《しぼ》り出《だ》した。

「そういうことにしとく？」

「……なんでおれに訊くの……」

「うん――………てれてるから」

ぼそぼそと口ごもり、横顔が少しふてくされて見えたから、自分の解釈《かいしゃく》に自信が持てない。

ムギが次になんと言うのか、固まったままじっと待った。

「こういうの慣れないし。けっこうてれてる、ほんとに」

ついにムギが立ちどまった。

いつもは飄々《ひょうひょう》としている年上の男の眸がゆらゆらと揺れるのに気付いたら、翠の胸に恋の爆発が起きた。

「好き……好きだよ。おれ、ムギのことめっちゃ好き！　世界一好き！」

態度ではあからさまにアピールしていたけれど、「好き」とはっきり言葉にしたのはこのときがはじめてだった。

ムギは翠の直球の告白にちょっと笑って、何度も唇を開いたり閉じたりむにゅむにゅさせて、さんざんためたあと「俺も、好き」と返してくれた。

「うそ……まじで……？」

「翠が、かわいい」

信じられない奇跡だった。はにかんで言ってくれた「好き」が、瞼の裏に焼きついている。

一生忘れられない。はじめて好きになった人から貰《もら》った、愛の言葉を。手のぬくもりを。

★

「おい」

肩を揺らされて顰《しか》めっ面《つら》で寝返りを打つと、ベッドの脇に立っていたのはレンジャー風の服を身に纏《まと》った大人のムギだった。

「ム……」

思わず「ムギ」と呼びそうになってぐっと口を引き結ぶ。混乱のまま身を起こし、部屋を見渡してここがボニンハウスだと思い当たった。

――着いて挨拶がすんでから仮眠を取らせてもらってたんだった。

ムギは今日会ったときのラフな服装から、みんなと同じようなキャメル色のシャツに濃いカーキの多機能ベストに着替えている。他の人と比べて申し訳ないが、ほどよく逞《たくま》しい体型にその格好はずば抜けて似合っていて、思わず見とれてしまった。

――夢、見てた。昔の、ムギの夢。好きだと言ってくれたときの。

身長は昔から高かったけれど今より穏やかな雰囲気だったし、もっと華奢《きゃしゃ》なかんじで……。

あの頃とはだいぶ見た目が変わった。口調なんか前よりちょっと冷たく感じる。昔みたいに呼びそうになった一瞬、ムギの眉《まゆ》がぴくりとしたのだって翠は見逃《みのが》さなかった。

「船酔いは？」

「え……あ、もうだいじょうぶ、です」

敬語にすべきかな、と考えて最後にくっつけた言葉に、ムギがちらりと目線をくれる。でもすぐに目を逸《そ》らされて、さっきまで最高に幸せだった瞬間の夢なんて見ていたせいでますます胸がぎしぎしと痛んだ。

「夕方四時だ。今日やってもらわなければならないことがあるから」

本当に自分が知ってる奥田麦央と同じ人なんだろうか──ムギの読めない表情を窺いながら翠はベッドから下りた。

「もう元気なのでなんでもやれます。来ていきなり休ませてもらって……すみません」

よく考えたらさんざん迷惑をかけている。荷物を持たせたり、休めるように室長に話をしてもらったり。

そのとき、ぎゅるるるぅっ、と盛大に腹が鳴った。おなかを押さえたけれどそれでどうにかなるわけでもなく、音に思わず振り向いたムギもそこで動きがとまっている。

はからずも、はじめて言葉を交わしたときと同じシチュエーション。

だけどあのときみたいにムギからのおもしろいツッコミはない。

「ふ、船酔いで、丸一日なんにも食べてなくて」

「……冷蔵庫にバナナならある」

「いただきます。すみません」

しょっぱなからつまらないことで世話をかけっぱなしだ。

部屋を出て行くムギに気付いて翠は『小松ノート』を手に取り、追いかけて「あと、今日いろいろありがとうございました」と全部ひっくるめた礼を伝えた。ムギは横顔で何か言いかけて惑い、けっきょく「いや……」と短く返してきただけだった。

階段を下りて、一階へ。一階は所員共有のキッチンとリビングダイニング、トイレとバスルームがあり、他は研究室として使用されている。

「研究室ではこの島で得たさまざまなデータを扱っているから、掃除で入室してもパソコンや機器類には無断で触れないよう注意して。研究室の奥にあるケージには保護された動物がいるけど、勝手にエサを与えたらだめだ」

捲《めく》った『小松ノート』にもそのことは最初に書かれてあり、翠は「はい」と頷いた。

世界遺産の小笠原諸島・玄孫島も、林野庁《りんやちょう》、環境省、東京都、小笠原村が管理体制を敷いているため、とにかく細かな注意事項が多い。

「固有種の保護と増殖《ぞうしょく》、新たな外来種の侵入防止と駆除はここの最重要課題だ。だから種子なんかをうっかり運び込まないように、上陸時に島内専用の靴に履き替えてもらった。島の中でも特別保護区に入るときはもっと厳格な決まりがある」

ボニンハウスに持参する荷物は制限されていたし、逆もまたしかり。植物の種子や花でさえ、島外への持ち出しは禁止されている。

「あとはその都度《つど》説明するけど、今日中にそのノートには目を通しておいて。十九時までに食材の把握《はあく》と夕食の準備、浴室の掃除と風呂の準備。洗濯物を取り込むのも忘れないで」

「はい」

ムギにばかり気を取られている場合じゃない。何からすべきだろうか、と考える。

「日が暮れると、洗濯物が海風で湿ってべたべたになる」

翠に背を向けたムギからもらったヒントのおかげで、最初から躓《つまず》かずにすんだ。

ひとまず空腹を落ち着かせるべくバナナを食べ、屋上に干してあった洗濯物を取り込んだら再び一階へ戻って調理場へ。

食事の献立《こんだて》は二週間分おおよそ決められている。週に一、二度、父島へ渡って食材や日用品などを仕入れ、次回の分を発注するからだ。両開きの業務用冷蔵庫の扉にマグネットで貼りつけられた用紙に、補充が必要なものを記入していく決まりになっている。

翠はノートを捲り、壁掛けのカレンダーを見ながら頷いた。

「次は月曜日が補充日か。台風情報と天気予報のチェックは欠かせないな」

今日が水曜日だから補充日までおおよそ五日。悪天候や時化《しけ》でボートが出せない事態も想定しつつ、冷蔵庫と保管庫の中にある食材でやりくりしなければならない。この五日間は小松さんによる献立に従い、以降は翠が予定を立てることになる。

「夕食は肉じゃがとさばの塩焼き、みそ汁ね」

翠はリネンのエプロンを身に着け、頭には三角巾《きん》がわりのバンダナを巻いて「よし」と気合いを入れた。

玄孫島ではじめての料理は好評で、ひとまずほっとした。

最初の挨拶のときに簡単な自己紹介をしたけれど、翠の気さくなキャラクターのせいか、食事中に少々突っ込んだ質問をされた。

前職は調理師だと伝えてあったし、履歴書に書いた最終学歴は中学校だ。高校へ行くことより職人としての道を選んだと受け取る人が多いけれど、翠はそうじゃない。でも正直に話すにはちょっとへビーなので、好意的な解釈《かいしゃく》に乗っかることにしている。

「十六歳から大人と一緒に働くってたいへんだったろうなぁ……。俺なんかその頃はママからおこづかい貰《もら》って、参考書代って名目のお金も別件のなんだかんだで消えてたわ」

悪びれない大翔に、リーダーが「消えたんじゃなくて無駄遣いしてたんだろ」と代わりに訂《てい》正《せい》する。

「最初はファミレス、弁当屋の掛け持ちで。あとはイタリアン、ビストロ、ダイニングバー。イタリアンがいちばん長くて、そこで免許を取らせてもらいました」

翠が職歴について答えると「じゃあ洋食が得意？」と森が問いを重ねる。

「でも家では和食を作ることが多いです。昼間は店でまかないを食べるから」

斜向《はすむ》かいに座るムギの様子をちらっと窺った。翠が所員の問いに答えている間も、関心がないといった面持《おもも》ちで出された料理をもくもくと食べている。

最初の自己紹介で伴侶《はんりょ》の存在についてコメントはなかったものの、食事中にムギの左手薬指を確認してしまった。でも二十八歳という年齢なら、どんな過去があっても不思議じゃない。

――こんなふうに目の前にいたら、おれは知りたいと思っちゃうけどな。進学塾で出会ったのに高校に行かず就職した理由とか、別れたあとのこと、ムギは気にならないのかな。

昨日までは遠い思い出になっていた人。再会がなければ、翠だってこんな心情にはならなかったはずだ。

しかし、相手が何を考えているのか読めないのは今だけじゃなく昔もそうだったな、とふと思い当たった。

つきあっていた当時も、ムギの気持ちが分からないと感じたことはあった。

ムギは都内の高校を受験して塾だってそのまま通うものかと思っていたけれど、その目標をいったいいつ変更したのか。実際は中学を卒業するのと同時にムギは北海道へ行ってしまった。「聞いてない」と責める翠に「言えなかった」とムギが答えた頃には、すでに歪《ゆが》みが生じていたのかもしれない。

今になって振り返れば、無理もないと思う。大人同士でも難しいのに、中学二年生と高校一年生の遠距離恋愛なんて、うまくいくほうが稀《まれ》だ。

中学から高校、東京から北海道とムギの生活基盤は大きく変わった。翠が送ったメールになかなか返信が来なくなり、電話しても折り返しが数日後になり……翠自身、ひたすら待つだけという苦しさに耐えられなかった。待ちきれず、もういいよ、とふて腐れて携帯の電源を切った日もある。

面倒くさくなったんだろう、他に好きな人ができたのかも、とマイナスな想像しか浮かばなくて、そうなると当人の答えが怖くてこちらから突っ込んで訊けなくなる。自分が傷つくことも厭《いと》わずすっきり終わらせて次に行けばいいなんて強い心は持てなかった。

これからも続くものと思っていた関係は、それを機に途絶えた。いわゆる自然消滅だった。言葉で傷つけるよりムギはそういうさよならを選んだのだろう、と思えば少しは気が楽だ。

——せっかくフェードアウトしたんだから、フェードインもしてくるなってことですね。

ムギは「ごちそうさま」と手を合わせて、自分の食器を持って立ち上がるとキッチンの方へ消えた。気になって目で追ってしまう。

その様子を大翔に見られていたことに気付いて、愛想笑いしてみせた。

大翔以外の他のメンバーもムギと同様にダイニングを出て行く。みんなの姿が見えなくなってから、大翔が「翠ちゃん」と話しかけてきた。

「ムギさんってあんま喋んないし、見た目ちょっとおっかないだろ」

「あ……いや、そんなことは……」

そうですね、とは言いにくい。すると大翔は翠のほうに少し身を乗り出して。

「スパイだって噂《うわさ》」

ハリウッド映画でしかお目にかかったことがないワードは現実味が薄い。

「ス、スパイ？　なんの？」

「玄孫島の稀少《きしょう》生物の情報って少ないし、まだ知られてないことが多いんだ。貴重な動物って裏で高値で取引されるから。まぁ、ただの噂だし、俺は信じてないけど。あ、でも、ここに来る前は傭兵《ようへい》だったらしいよ」

「……傭兵？」

にわかに信じがたい話に目を瞬《しばた》かせて問い返すと、大翔はうんうんと頷いている。

金銭目的で戦闘《せんとう》に参加する兵士。金のために殺傷《さっしょう》することに抵抗がない人たち、というイメージだ。

「ま、まさか」

「まさか？」

まったく知らない人、で通さなければならない。慌てて「そういうふうには見えない」とフォローする。いくら昔とは印象が違うとはいえ、それは本心からの言葉だ。

「三キロくらいは余裕で泳げるから、身体ひとつで一キロ先の島に泳いで渡って戻ってきたとか、オガサワラクマバチにわざと腕を刺させて潰したとか、二メートル級の毒蛇《どくへび》を素手《すで》で仕留めたとか、サバイバルすぎる逸話《いつわ》が数々あって……」

「えっ、ここ毒蛇いるのっ？」

「あったり前だろ。これくらいのサソリもいる」

親指と人差し指をめいっぱい広げてその大きさを示される。頭の中で沖縄《おきなわ》のとぐろを巻いたハブの姿を思い浮かべ、翠は震え上がった。

「セアカゴケグモは毒蜘蛛《どくぐも》だし、アルゼンチンアリ、グリーンアノールもいる。玄孫島は父島や母島に比べると外来種の進入被害が少ないけどな。本土では見たことないような珍獣《ちんじゅう》もいるから、外を歩くときはとくに気をつけろよ」

「……まじで……?」

グリーンアノールなんて聞いたこともないが、とりあえず名前だけで怖い。犬や猫くらい馴染みがある動物ならまだしも、は虫類や昆虫などは見るのも無理だ。

小笠原の稀少生物を扱っているところだからある程度は予想していたとはいえ、自分がそれらの世話や研究の手伝いをするわけではないし、と油断していた。

「島の危険生物はさておき……ムギさんの背後には立つなよ。急所を一撃されるからな」

——さっきまでめっちゃ背後に立ってましたけど!?

ちらっとふり返って様子を窺われていたのは、翠の体調を気遣っていたわけじゃなく、戦地で己《おのれ》の身を護《まも》る癖《くせ》が抜け切っていないせいなんだろうか。

「まぁでも、ムギさんの過去はさておき、今は小笠原の稀少動物保護のために働いてる研究者だから。実際話すとクールだけど悪い人じゃないし、そんなビビんなくていいって」

「……うん……」

――この十三年の間にいったい何があったんだろう……？

大翔の話を聞いたらますますムギに対する謎が深まり、知りたい気持ちが加速してしまった。


キッチンの片付けが終わり、『小松ノート』を片手に今日出た生ゴミを持って屋外へ。

ふと見上げれば、都心ではお目にかかれないほど綺麗な星空だ。そういえばここへ来る前、面接のときに渡されたプリントには『天体観測可』と書いてあった。洗濯物を取り込むときには気付かなかったが、屋上に望遠鏡があるのかもしれない。

「……で、バイオ式生ゴミ処理機に捨てる……と」

島にはゴミ収集車は来ない。できる限り自分たちで処理して、不燃物はボートで運ぶ。

ポリバケツほどの大きさの機械に生ゴミを投入して蓋《ふた》をした。これで生ゴミから堆肥《たいひ》を作っているらしい。

エコだなーと感心していたとき、足もとでかさっと音がした。

「…………」

いやな予感でいっぱいになりながら、硬直したままハンディーライトを下に向ける。

右の踵《かかと》の辺りで何かが蠢《うごめ》く気配、さらに黒くてデカい物体が左のつま先の上を横切って……。

「うわぁっ、おわぁっ！」

火種の上を飛び跳ねる人のように逃げ惑い、叫び声を上げると同時に、持っていた『小松ノート』を放り投げてしまった。

「何今の、何今のっ、こわこわこわっ」

真っ暗な草むらに落としたノートを慌てて摑むと、目の前の木々の隙間に小さな赤い光がふたつ、みっつ、よっつ……。恐怖に縮み上がっている翠の視界の端を、今度は白いものがすっとよぎった。

サソリや毒蜘蛛がいる、本土では見たことないような珍獣がいる、との大翔の言葉が脳裏をよぎり、ぞっと背筋が震える。

「わ、ああっ……」

屈《かが》んだ状態で膝の力が抜けてがくがくになりながらも、とにかくこの場を逃げだそうと足を踏み出したら蹴躓《けつまず》いた。踏ん張りがきかずに身体が傾《かし》いで、ぎゅっと目を瞑《つぶ》る。

「……った……」

ちょうどコンクリートのところで膝を擦《す》り剝《む》いたと分かる衝撃が走ったけれど、倒れる前に誰かに抱きとめられていた。その人の胴部にしがみついた格好で、はっと顔を上げる。

「……ムギっ……」

咄嗟《とっさ》に昔の呼び方をしてしまった。中腰のムギが険《けわ》しい表情で翠を見下ろしている。

「わ、あ……ごめんっ」

へたり込み、腕一本分の距離を取ってムギをこわごわと窺ったとき、右側から白いものがにゅっと翠の顔の前に現れた。驚きで叫びそうになった口を、ムギの大きな手で覆《おお》われる。

「……落ち着いてよく見てみろ。菊池《きくち》さんだ」

口を塞《ふさ》がれたまま、ムギに言われて目だけ右に向ける。

そこにいたのは『菊池さん』という名の白ヤギ。翠が硬直していると、ヤギがいるほうから「ぐうう」とおなかが鳴るような音がした。


「もういやだ……なんなのこの島。黒くてでかい虫がいっぱいいるし、赤い目のもそこらじゅうに」

「いくつも並んで見えた赤い目は、たぶん天然記念物で固有種のオガサワラオオコウモリだ。夜になるとモモタマナの実を食べに来る」

擦り剝いた膝の辺りに残っていた水気を綿布で拭《ぬぐ》われると途端に痛みが走り、「オオコウモリ?」と顰めっ面で聞き返す。

椅子に腰掛けた翠の前に跪《ひざまず》いて傷の手当てをしてくれているのはムギだ。翠の叫び声に気付き、いち早く飛んできて、裏庭からハウス内へ連れてきてくれた。

水道水で傷口の汚れを洗い流したあとはリビングに移動し、今ムギはラップフィルムにワセ

リンを塗《ぬ》りつけている。

「コウモリは人を噛んだりしない。大きいといっても体長は二、三十センチだ」

ムギはたいした大きさじゃないと言いたげだ。

「充分でかいし不気味だよ。野生のヤギだってあんな目の前で見たの、はじめてで……」

ヤギは子どもでもふれあえる動物だ。それなのにすっころぶほど取り乱してしまったのだから、言い訳しながらもかなり恥ずかしい。

それでも、ちょっとしたハプニングから思ったよりムギと普通に会話できていることを、翠は嬉しく感じる。

座った位置から、手当をしてくれているムギの手元、真剣な顔をそっと窺った。

だいじょうぶか、痛くないか、なんてムギからはひと言もないけれど、「掠《かす》り傷だからって侮《あなど》るな」とてきぱきと動いてくれて、そこに特別な好意はなくても、優しい心根は昔のままのような気がした。

ムギは普通サイズの絆創膏《ばんそうこう》では覆えないほどの擦過傷《さっかしょう》に、ワセリン付きのラップ、その上からガーゼをかぶせて医療用テープでとめている。

——やたら手慣れてるし、これも傭兵時代に経験があるから?

しかしそれとは別の部分で、翠の胸はざわついていた。

助けてもらったときは気が動転していたので深く考えなかったけれど、ムギの肩に腕を回して身体を支えられて歩いたことを思い返せば、その瞬間より今のほうがどきどきする。

「コウモリやヤギで腰を抜かすようじゃ、ここではやっていけないぞ」

ムギがいきなり顔を上げたために視線がばちんと絡んで、思わず逸らしてしまう。

「べつに腰抜かしてない。暗闇《くらやみ》で想定外の、あんなのが出てきたら誰だって驚くよ」

「……動物を好きな人、が雇用条件だった」

「それは……普通に考えて犬とか猫クラスだと……」

「辞めるなら今のうちだ」

「は？」

かちんときて、「そんなこと言ってない」とぼやいた。たかが虫や無害な動物たちに囲まれたくらいで、尻尾を巻いて逃げるなんてしたくない。それに、金も帰るところもないのだ。資金がなければ生活を立て直せない。

恋愛運の悪さと身ぐるみ剝がされた不運な境遇をリセットすべく、自分で決めて玄孫島へ来た。ワインディングロードな人生だろうと、へこたれないぞと踏ん張る負けん気もあるし、一度引き受けた仕事に対する責任感だってある。

「この程度で辞めるような気持ちで来てない。……虫はいやだけど」

強い決意はあっても、いじわるな言葉にちくちく胸を刺されて奥歯を嚙んでいると、俯いているムギがうっすら微笑んで見えた。小馬鹿にした笑い方じゃなく、優しさを含ませた表情に映った。それがつい顔に出てしまった、みたいな。

見間違いだろうか。ちゃんと確認したくて覗くと、「動くな」と制されて姿勢を戻す。

——弱音をはいたから、試された？ 煽《あお》られた？ 逃げ帰るのかって訊かれたら、たとえ少々へこんでてもおれが「帰らない」と返すのを見越して。

そうだったらいいな、という願望をつい抱いてしまうのは翠の悪い癖《くせ》だ。期待しすぎて裏切られて何度も傷ついているなんて、ちっとも進歩がない。

話題を変えようと「あの白ヤギ、名前ついてたけど」と疑問を投げかけた。

名前の由来は、小笠原には『菊池』の名字が多いから、だそうだ。ちなみに菊池さんは玄孫島に残る最後のノヤギらしい。過去によそから持ち込まれたヤギが野生化して固有植物を食い荒らしたため、他の島ではノヤギは完全駆除されている。

「駆除対象のあの白ヤギをケージじゃなくてボニンハウスの外で飼ってんの？」

「人間の身勝手の末に残った最後の一頭だからな。広めの網で囲った中で草や野菜なんかを与えてる。人懐っこい性格で、エサを貰えると思ってああやって寄ってきて」

「えっ、じゃあ、やっぱりあれ、『ぐうう』ってヤギのおなかの音？」

「腹が減ってるとヤギもおなかが鳴る」

そんな話を聞いたら、ちょっとかわいいんだけど。

「何それ、おれとおんなじ……」

油断してつい、ふたりの過去に繋がる話題を出してしまった。

しかしムギのそれこそ、「(人間も)ヤギも」なのか「(翠も)ヤギも」なのか。

ムギと出会ったときもおれのおなかが鳴ったもんね――そう軽く言ってみようかと迷う。

翠があれこれ惑う間に、ムギは聞こえなかったのか顔色ひとつ変えずに手当てを終え、救急箱を手に立ち上がった。

「明日の朝、傷口の様子を見て同じやり方でラップを交換すればいい」

また手当てしてもらえるかもなんて甘い考えを一蹴《いっしゅう》される。か弱い女の子でも子どもでもないのだし、翠はただのみんなのお世話係だ。でも……。

「ムギ!」

過去の記憶全部は消せない自分にとって「奥田さん」「ムギさん」は至極不自然で、これから半年間、呼ぶたびにいちいち躊躇《ちゅうちょ》したくない。さっきどさくさで口走ってしまったのだし、思い切って昔のあだ名で呼びとめた。それにほんの少し、一ミリくらいかもだけど、縮まったムギとの距離をまた広げたくない。

「手当てしてくれて、ありがとう」

ドアの手前で立ち止まったムギは背を向けたまま「……あぁ」と返すと出て行った。

――忘れてるわけない。

ムギにとって消したい過去だとしても、だったら逆に忘れられないはず。

ちゃんと会話したら分かった。うまく説明できないけれど、ふたりの間に流れる空気とか、会話のリズムとか。「何が？」と反応があってもよさそうなところで知らん顔をしているのは、一瞬緊張が走るのは、良くも悪くも意識しているからだ。好きだった人に今は警戒されてる、と感じるのは切ないものだけど。

ムギとのことは波乱に満ちた青春時代の思い出の中で唯一《ゆいいつ》プリズムみたいにきらきらしていて、翠にとって大切な恋だった。今でも好きかと問われたら答えに困るけれどきらいじゃないし、少なくとも、終わったことだからどうでもいい、とは言いたくない。

――もう完全に諦《あきら》めたつもりで、どっかで引きずってたのかな、やっぱ。

俯いていたムギがこっそり微笑んで見えた瞬間に、まだ残っていた恋の導火線に火がついた気がする。その表情を思い出しただけで胸が甘く絞られて、手当てしてもらった部分に触れながら「やばいなぁ」とぼやいた。

「……これはちょっと、やばい」

ぐっと拳を握る。あの当時、ムギにしがみついてでもちゃんとふってもらえばよかった。無様な経験を踏み台にして次に行くという強《したた》かさだってときには必要だ。

子どもの頃から同性にしか惹かれなくて、なぜかノンケにしか惚《ほ》れないのが、翠の二十六年の人生で恋愛がうまくいかない一因でもあると自ら分析している。

ムギがはじめてできたノンケの彼氏ではじめての失恋相手だった。以降も「いいな」と思うのは女性が恋愛対象の男ばかり。

しかしゲイだと分かっている相手に口説《くど》かれると、警戒心が先にきてしまう。どうしてだか、ガツガツと押しの一手、とにかく挨拶代わりにエッチしよ、なんて男ばかりが翠に寄ってくるからだ。

若いなりに性への興味はあったけれど、そうやって言い寄ってくる人を心底から好きになれなかった。

無意識にムギと比べていたのかもしれない。ムギ以上に好きになれる人じゃないと、相手のことも、自分のことでさえ裏切っているような気がしていた。頭が堅《かた》すぎるとか変なとこでまじめすぎるとか周りからいろいろ言われたが、いつか本当に好きな人ができるはず、と本気で思っていた。

そんな翠の気持ちを利用して、あの詐欺《さぎ》野郎は「ちゃんと待つから、とりあえず一緒に住んで傍《そば》にいてくれるだけでいい」と口説いてきた。そんなふうに言われたのははじめてだった。いい人だなぁ、この人とだったら幸せになれるかもと思ったし、だからって中途半端はいやだったので翠も『今一緒に暮らしてる恋人』だと周囲に話していたのだ。

――クソみたいな恋愛詐欺師のあとにムギと再会するとか、神様って超絶ドSなんかな。愛されない星のもとにいる運命だから、ひとりで生きてく覚悟を決めろってとどめを刺す的な。それともおれがバカかどうか試してる？

一度失敗して、もうその過去にすら触れるなと距離を置かれている人にまた恋をするなんて救いようがないほど不毛だ。

「……そんなの分かってるよ」

心というのは、理性や理屈でコントロールできる部分とできない部分があるのだ。中でも恋する心はもっとも制御《せいぎょ》が難しい。

でももう、十三年前に恋は終わっている。その現実を忘れちゃいけない。

どうにかして半年を耐え抜けば、本土で生活を立て直すための資金が手に入る。そして本土に戻ったときこそが、本当の意味でのリセットで再スタートになるのだ。

玄孫島は、固定電話・データ通信・電気は海底ケーブル、水道水は海底送水で供給されている。必要最小限とはいえ小さな孤島にこれだけのバックアップ体制が敷かれているのは、この島の稀少生物、固有種にそれ相応の価値があるからだ。

研究室のケージの中にいる固有種のトカゲやヤモリは本土にいるそれらより一・五倍から二倍の大きさがあって、見るだけで背筋がぞくぞくしてしまう。翠は身震いしながらケージ前から離れた。

今日は朝から、大翔以外の所員たちはみな外に出ている。

「大翔くん、ごめん。あの、『大翔』の読み方、本当はなんだったっけ」

彼のことをいつも『たいしょう』と呼んでいるせいだ。所員の健康診断の申請書類に必要事項を記入して提出しておいて、とリーダーに頼まれて、あとは『大翔』のふりがなを書き込めば完成する。

「はると……あ、いや、ひろと。ひろと、って読むの」

「えー、自分の名前を間違うー？」

「ちょっと別のこと考えてた。にしても、バカだよなぁ」

大翔の言い間違いを笑って、翠は研究室内の空気清浄機を掃除、加湿器の水を補充し、大翔に「おつかれさまー」と声をかけて部屋を出た。

『小松ノート』に書かれた項目に従い、チェックしながら作業を進める。

朝は誰よりも早く起きて朝食の準備、山に入って昼に帰ってこられない所員のための弁当づくり、全部屋の掃除や洗濯はもちろんのこと、研究所のブログに載せるための写真の確認や加工処理、電話当番など。こまごました仕事をこなしているうちにあっという間に昼になる。

昼食が終わると、ブログの記事を書いて更新する作業がある。それにいちばん手間取った。パソコンの使い方は分かるけれど、文章を書くのがちょっと苦手なのだ。

おもに玄孫島での生活ぶりや、所員からネタを貰ってそれを記事にするのだけれど、いくら「小笠原の自然について親近感を覚えつつ興味をもってもらうためのもの。普通のおにいちゃんが書いてるブログってていだから畏《かしこ》まらなくていい」と言われても文章力のなさに我ながら閉口してしまい、遅々として進まない。

「あーやばい。もう夕飯の支度《したく》しなきゃならないのに。その前に菊池さんにエサやんなきゃ」

はじめての更新だし誰かに文章をチェックしてもらったほうがいいんじゃないかと思って、ひとまずパソコンの前を離れた。

「菊池さーん、ごはんだよー」

白ヤギの菊池さんのエサは、所員が食べた枝豆の殻《から》を干したもの、調理の際に出た人参の皮、キャベツの芯を刻んだものなど。行動できるところを網で囲われているだけかと思いきや、ちゃんと菊池さんの小屋もあって、そこがいちおう所定の餌場《えさば》だ。

菊池さんが網の向こうにあるタンポポを取りたいらしくもがいていたので、摘んできてやった。『小松ノート』には『菊池さんの好きな食べ物：シロツメクサ、タンポポ、コーン、リンゴ』と書いてある。

翠が差し出したタンポポを、バラを咥《くわ》えたフラメンコダンサーみたいにむしゃむしゃ食べる菊池さんを眺めているとほのぼのした気分になる。

最初見たときはそら豆っぽい目が怖いと思ったけれど、今はにっこり笑っているように映る。

「なんかかわいいなぁ、かわいいなぁ、菊池さん。菊池さんってオス？　メス？」

するとうしろから「オスだ」と答えが返ってきた。

声だけで分かる。翠がふり向くと、レンジャー風の服装のムギがいた。朝から出て行ったきりだったので、お昼は翠の手作り弁当を食べたのだろうか。

ムギは大きなバックパックを背中から下ろし、それに引っかけてあった干し草を束《たば》ねたものを取り外して、「菊池さんのエサ」と翠に寄越してくる。

「おかえりなさい」

「……ただいま。干し草は濡《ぬ》らさないように倉庫に」

菊池さんはムギの傍に寄ってきて、頭を撫《な》でてもらってなんだか嬉しそうだ。するとムギが干し草を少し引き抜き、屈んで菊池さんに食べさせ始めたので、翠もキッチンから持ってきた人参の皮を並んで与えた。

「菊池さんって何歳？」

「……人間でいうなら六十歳過ぎてる。ヤギの寿命は十五年から十八年くらいだ」

「そっかぁ。こんなふうにお世話してたら情が湧くよなぁ。おれなんて今はじめてエサあげたのに、なんか菊池さんめっちゃかわいいなって」

するとムギがふっと、薄く笑った。ここへ来てはじめて、ちゃんとムギの笑顔が見られた気がして嬉しい。こちらまで心がふにゃりとゆるんでしまう。どんな人も、かわいい動物の前ではきっと怖い顔ができないものなのだ。

ムギが立ち上がったので翠もそうした。

「日曜は時間があるから、島の中を案内する。半日歩ける準備しといて」

「えっ、うん!」

思わず弾《はず》んだ声で返事をしてしまったけれどムギはそれに対してとくに反応もせず、バックパックを抱えてボニンハウスにさっさと入って行った。


その日は早朝からまるでデートを待つようなそわそわした気分だった。

十一時頃にムギとともにボニンハウスを出発して島内を案内してもらい、夕方に戻る予定だ。それまでに朝やるべきことを終わらせて、みんなの昼食と、夕飯の仕込み、ふたり分のお弁当を準備する。なかなかハードだ。

「日焼けどめ、水筒、弁当、タオル、雨具、何かあったときのための栄養補助食品……」

「翠くん、デートに行くみたいだねぇ」

室長が楽しげにそう言うので、「分かります?」と笑って返した。実際、デート気分で浮かれているのは自覚しているし、ムギのこと以外に目を向けていっそ島の生活を楽しまなきゃという相反する思いもある。

トレッキングハット、長袖《ながそで》インナーの上にTシャツ、ハーフパンツの下には吸汗速乾のスポーツレギンス、山に入ると寒いので雨よけにもなるウインドブレーカーを羽織った。

いつものレンジャーな格好のムギに「行くぞ」と声をかけられてバックパックを背負う。

「では室長、行ってきます」

にこにこしている室長に敬礼で挨拶すると、「気をつけてね」と笑顔で見送られた。

天気は快晴。山側から時計回りにぐるりと歩き、最後はボートが着く海岸周辺、そしてボニンハウスへ戻ってくる計画だ。

アスファルトで舗装《ほそう》された道はなく、踏み固めてつくられただけの山道が続く。

特別保護区の境界には動物園で見るような簡単なフェンス扉があり、中に入る前に酢《す》で靴裏を除菌するなどの処置が必要で、室長の許可と所員の同行が条件となっている。

「ボニンハウスの周辺と船が着く海側以外の、島のほとんどが特別保護区だ」

「でも扉に鍵《かぎ》はついてないんだね」

「そもそも玄孫島への立ち入りが研究所の関係者に限られてるから。扉は境界線の役目なだけで、防御の意味はない。ここを通らなくても中に入れる道はいくらでもある」

しかしこの先は、小さなゴミひとつ落としてはならないし、雑草と固有種の見分けが付かない者はそこらの野花を勝手に摘むなどもしてはいけない。

鬱蒼《うっそう》と茂る樹木は背が高く、葉も大きい。シダ植物が左右から迫《せま》るところを歩くと、どこからか恐竜でも出てきそうな雰囲気だ。

ムギは道案内の最中も、そこらの種子を採取したり、記録を取ったりしている。

歩きながら「あの木のところ」とメグロ（メジロの仲間）やヒヨドリがいる辺りを指してくれるものの、翠にはなかなか見つけられないので、デジカメでブログのネタになりそうな植物を撮っておくことにした。

撮った写真を見やすく画像処理するのは優秀なソフトにお任せして、ブログの文章はムギにチェックをお願いする約束になっている。

翠がはじめて書いた記事は「こう変えたほうが」と詳細《しょうさい》にアドバイスをもらったものの、きのうなどは誤字とおかしな文章にちょっと指摘があったくらいで「そのまま更新していい」とすぐにOKが出た。今後は天体望遠鏡で撮った星景写真をブログにアップしたり、閲覧者《えつらんしゃ》からのコメントへの丁寧な返信もこなしていかなければならない。

「うしろ、滑るぞ」

固有種の青い蝶《ちょう》・オガサワラシジミを撮るのに夢中になっていたら腕を摑まれ、ムギの胸元まで引き寄せられて、思わぬ急接近にどきっとさせられる。

「あ、ありがとう」

けれどあっというまにリリースされて、翠はそっけないムギの背中を追いかけた。

それからしばらく山道を進んだ。かかとの辺りにじりっと痛みが走る。「靴ずれしたかも」と訴《うった》えると、ムギがさっと応急処置をしてくれて、「もう少し歩けるか」「無理はしないで早めに言え」とぶっきらぼうな口調ながらもさりげなく気遣ってくれた。

——山デートは相手の性格とか、ふたりの相性が分かるっていうよな……。

ちらっと『デート』なんて本気で考えた自分がおかしくて、ムギの背後でこっそり笑う。休みのはずの日曜にこうして山の中を案内してくれるのは、翠の世話を室長に言い渡されているからで、ムギの優しさにそれ以上の意味なんかないのに。

一時間ほど歩いたら視界が開けた場所に出て、昼食をとることにした。

「靴ずれはぜんぜん痛くない。ありがと」

椅子代わりの石に座って弁当を広げて、翠があらためて礼を伝えると、ムギはひとつ頷いて食べ始めた。昨日の弁当も綺麗に完食してくれていたし、今も男らしい食べっぷりだ。

「ムギはきらいな食べ物ある?」

「……ない」

会話が続かない。昔も翠のほうが口数が多くて、ムギのほうは中学の頃よりも会話を繋げよう広げようという気持ちがないみたいだ。

——まぁつまり、おれにはすっかり興味がないってことだろうけど。

それでも優しくしてもらっているし、気まずいとは感じない程度に会話もしてくれる。だから、変に避けたりせず一貫して大人な対応のムギに感謝しようと思う。

ノスリやホトトギスがふたりの代わりにさえずる中、風に吹かれながら海を眺めていれば、細かいことなんてなんにも考えなくていい。

ふと気付くと、ムギの周りに鳥が数羽集まっていた。頭頂から上背が青く、そこから尾にかけて灰色、胸の辺りは赤茶色という配色の鳥。ムギはここまでの道すがら取ってきた赤い木の実を、手から直接その鳥に与えている。またどこからともなく灰色の鳥も飛んできて、ムギの足もとへ降りた。

「イソヒヨドリだ。全身灰色のがメス」

「へぇ、人懐っこいね」

でも翠が木の実をあげようとしても見向きもされないどころか、距離を取られる始末。一方、鳥使いみたいなムギは、いつものクールな表情が少し和《やわ》らいで見える。

「警戒心が強くて、人にはぜったいに近付かない野鳥もいるけどな。ナーバスな鳥は、ヒナの身体に人の匂《にお》いが付いただけで子育てを放棄《ほうき》するくらいだ。だから保護区を歩いているとき巣から落ちたヒナを見つけても、助けられない場合もある」

「そっか……そういう繊細《せんさい》な鳥もいるんだね。ただでさえ数が少ないのに、その大事な命を人間の不注意で奪わないようにしなきゃだめだな……」

「先人たちが護ってきたものを、できるかぎり来世に残したい——それが所員全員の願いだ」

翠はムギの言葉に頷いた。研究所で働く所員たちみたいに小笠原諸島についてすべてを理解したり把握《はあく》するのは無理だろうけれど、まがりなりにも研究所の中で働く者として、同じ気持ちでいたいと思う。

カラになった弁当をしまい、ふとムギを見た瞬間に噴き出しそうになった。

イソヒヨドリのオスがムギの頭にとまっている。振り払うわけにもいかず、ムギはされるがままだ。

「おい……やめろ。撮るな」

「ブログ記事ネタいただきました」

鳥を驚かせないように必死で笑いをこらえて、翠はそのほのぼのした画をデジカメで激写した。


「アカガシラカラスバトのヒナ!?」

ムギの案内で玄孫島を一周してボニンハウスに戻ってきたのは十六時頃。リーダーが驚きの声を上げ、それにつられて所員らが集まってきた。

枯れ草を敷いた箱の中にいるヒナは、絶滅危惧種《ぜつめつきぐしゅ》にも指定されている天然記念物だ。みんなから「おお〜」と歓声が上がった。この島に来てまだひと月の大翔は「俺は本物はじめて見た」と目を瞬かせている。

「テリハハマボウの種を集めてたら、なんか鳴き声が聞こえて」

「じゃあ、この子は翠くんが見つけたの?」

驚く室長に向かって首肯《しゅこう》する。「俺はムナグロの卵にナンバリングしてて、その間に彼が島の東側で」とムギが補足すると「お手柄！」と大翔と森からも拍手された。貴重な鳥のヒナだとムギに説明を受けたけれど、所員らの反応を見て今更のように翠もどきどきしてくる。

「他の島に比べていろんな天然記念物が生息してるんだけど、アカガシラカラスバトだけはここでもあんまり見ない」

室長も少し興奮ぎみにそう説明するから、運良く見つけられたのだと実感できて嬉しい。

ムギの話では、高木の巣から落ちたんだろう、とのことだった。

「枝を組み上げただけの巣を作るからね。高い木から一度落ちるともう戻れない。翠くんが見つけてなかったらそこで死んでしまってたかも。これはうちで保護して、野生に戻せたらいいけど、場合によっては動物園で飼育してもらうことになるかな。とりあえず、動物に人気のムギくんにお世話は任せるとして……翠くんが名前つける？」

「えっ、いいんですか？」

「いっときの仮名だけどね」

室長の提案にみんな頷いている。

ヒナが入った箱を手にしたムギをじっと見つめて、翠は「うーん」と唸《うな》った。

「……コムギちゃん……とか」

命名に対して、ムギは無表情のまま動かない。一方で所員たちにはじわじわと笑いが広がる。

「じゃあ、その子は『コムギ』で決まり」

室長のひと声。そして今日のブログはもちろん、玄孫島きっての鳥使いであるムギがコムギを育てる記事に決定だ。

みんなはそれぞれ仕事に戻り、ムギはさっそくコムギのための寝床《ねどこ》を用意している。

「少し弱ってる」

「えっ?」

ムギの呟きと、少し険しい横顔にどきっとした。

「あたためてみる。イソヒヨドリみたいに、ちゃんとエサを食べてくれたらいいんだけど」

「………」

所員の祝福ムードから、ここで当然育つものと翠は思い込んでいた。

野生の鳥、しかもヒナだ。そういえば、野鳥は鳥かごに入れただけでもストレスで死んでしまうと聞いたことがある。

「あんなふうにおれが名前なんてつけて……よかったのかな」

名付ければますます情が湧く。翠は今もうすでに半泣きの気分だ。

「『死ぬかもしれない』を前提にしない。名前をつけるっていうのはこのヒナの命に責任を持つってことだ。名付けがヒナにとっても生きる力になるはずと、室長はそういう考えだから。ここは任せて、祈ってて」

自分にできるのは祈ることだけ。ムギの重みのある言葉に、翠は小さく頷いた。

貴重なヒナを見つけて助けた喜びから一転し、しゅんとした気持ちのまま夜になった。

自分の仕事はひととおり終わったし、あとはブログ記事を書くことくらい。だけどムギの頭に鳥がとまっている写真を見ても、保護したときのコムギの写真を見ても、それを楽しい記事に起こせない。

廊下の共有本棚から小笠原諸島と玄孫島に関する書籍を二冊ばかり取ってきて読んでみた。

今日、特別保護区内を案内してもらいながら、稀少生物、固有種について、見聞きしたことの他にももっと知りたいと思ったからだ。

本棚から持ってきたうちの一冊は旅行者向けのガイドブックだけど、自然環境を護り維持《いじ》するための決まり事や島民あげての活動内容、小笠原諸島の歴史、生息する固有種・固有亜種についても分かりやすく書かれている。

この島での仕事が決まったとき、割りよくお金を稼いで、半年間だけどうにか過ごせればそれでいいと思っていた。世俗から離れれば、うまくいかない恋愛のあれこれや、なかなか思うようにならない人生についていっとき忘れてリセットできるしちょうどいいやと。

しかしそんな考えだけで半年も過ごしては、ここに来た意味がない。ボニンハウスの寮母さん的な仕事さえ完璧《かんぺき》にできればいいかもしれないが、この島についてもっとちゃんと理解して行動したい。万が一ハウスの近くで落巣のヒナを見つけたとして、自分の知識不足で小さな命を絶やすことがないように。ブログの記事にしても、この島について細かに知っているのといないのとじゃ、内容がぜんぜん違ってくるんじゃないだろうか。

本には小笠原諸島にのみ生息している動物や昆虫の写真が並んでいて、翠がここへ来た日に名前だけで怖じ気《おけ》づいた『グリーンアノール』も載っている。なんてことはない、アメリカカメレオンの別名だった。

「ん？　『島に毒蛇はいない』……？」

本にそう記されているが、たしか大翔は「毒蛇やサソリがいる」と言ってなかっただろうか。頭の中で沖縄のハブを思い浮かべて震え上がったので、大翔の話を覚えていた。

「……脅《おど》し？　おれがあんまりびびってたから、からかわれたのかな」

ふと時計を見ると二十三時をすぎているのに、隣のムギの部屋はずっとしんとしている。

あの様子だと、ひと晩中コムギの傍にいるつもりかもしれない――そう思うとじっとしていられなくなり、翠は部屋を出て一階へ下りた。リビングダイニングには誰もいない。けれど研究室のほうから薄明かりが漏れていて、翠は控えめにドアをノックして中を覗いた。

「……ムギ？」

デスクライトだけがついた中でコムギの寝床になっているプラケースを傍に置き、パソコンの前に座っているムギがこちらを振り返った。

「コムギ……どう？」

「寝てる」

入っていいかと訊ねると、どうぞ、と返されて中へ進む。布に包まれ赤外線ヒーターであためられているコムギは目を閉じていた。

「い、生きてるよな」

「確認してる」

そのためにここにいるんだと言いたげだ。それを聞いてほっとした。

「あー、あの、……小腹すいてない？　なんか作ろうか？」

ムギはひとつ瞬《まばた》きして「なんか……？」と訊いてくる。

「えーと簡単なやつ……おにぎりとか」

ややあってムギが頷いたので、鮭《さけ》のほぐし身でおにぎりを握ってきた。

ムギはぺろりと二個たいらげると、またパソコンのほうを向いている。アカガシラカラスバトのヒナを保護した詳細《しょうさい》と、経過観察についての報告書を本部に提出しなければならないとのことだ。仕事をしながら夜を明かすつもりだろうか。

翠は大翔の椅子を借りてコムギのケース前に陣取った。横に並ぶムギから、ちらっと目線が来たのを感じる。でも何も言わないので「訊いていい？」と話しかけた。ムギが手をとめて身体を少しこちらに向けてくれた。

「廊下の本棚にあった小笠原諸島の本をちょっと読んでみたんだ。本土からの船が着く父島に外来種とかノネコやノヤギが増えたのは分かるんだけど、どうしてそこから離れた玄孫島にも被害が及《およ》んでるんだろ。しかも昔は『悪いことが起こるからこの島には近付いちゃいけない』って言われてたんだろ？」

「それよりもっと大昔は本土からだけじゃなく、外国からの船もあちこちに着いてた。人間が考えなしに飼い猫を捨てたり、船に乗ってたヤギを置き去りにしたのが結果的に野生化したんだ。当時はとくに規制もなかったから」

ムギは、これは俺たち所員の想像でしかないけど、と前置きして、翠の疑問に対する答えを続けた。

「玄孫島にいる動物や植物を護るために、誰かが『島の神様がお怒りだ』と、祟《たた》り説みたいなことを吹聴《ふいちょう》したのかもしれない。だからこれでも、外来種からの被害が少なくてすんでる」

もともと小笠原諸島に生息していた動物たちは、外来種にエサや棲《す》む場所や命を奪われ、絶滅の危機に瀕《ひん》している。それらを護るための研究と活動をしているこの研究所のことや、小さな動物の命について、翠はとりとめもなく考えた。

「大翔は本土から来て父島の研究所本部でアルバイトをしてたんだが、同時にノネコを捕まえて本土へ送り返す保護活動をしていた」

「えっ、そうなんだ」

「藤井さんと森さんも都会を離れてこっちに移り住んだ人たちだ。みんなこの島の自然を護りたいという気持ちからここにいる」

ムギは？　――と問いたかったけれど、翠はその考えをすぐにあらためた。訊きたいのはムギの過去やプライベートな部分であって、稀少生物に対する思いは他の所員らと同じだと翠にも分かるからだ。

「おれなんか金のために来たもんな……」

ついぼそりと呟いて、はっとした。ふたりの間に微妙な空気が流れている。

さすがにただの守銭奴《しゅせんど》とは思われたくないし、かといって訊かれもしないのに自分から、どうして金が必要なのかを積極的に語るのも憚《はばか》られる。これではさっき自分の軽率さをあらためたのがだいなしだ。

しかしムギのことだから、とくに突っ込まれずに変な雰囲気のまま受け流されるのだろうと思っていたら。

「……借金でもあるのか」

まさかの切り返しにぐっと喉が絞られる心地だ。

「いや……借金、じゃなくて」

翠が言い淀《よど》むから、ついにムギが身体ごとこっちを向いた。俯き加減の頭に「じゃなくて？」

の問いと、ムギの視線をもろに浴びているのが分かり、顔を上げられない。いつもすっと視線を逸らして身を翻《ひるがえ》す態度なのに、今は何かの勘が働いたのか逃してくれそうになくて、翠は小さく息をはいた。

「……持ち逃げされて」

「持ち逃げ？　金を？」

「銀行預金をほぼ」

がっくり頷いて答えると、耐えがたいほどしんと重い沈黙がのしかかる。

ただ財布を盗まれたとかなら、翠も稼ぐために都心から二十五時間も離れた島へは来ない。

「……男か」

俯けた頸椎《けいつい》にラリアットでも食らったほどの衝撃で、瞼《まぶた》をぎゅっと瞑る。ムギにそこまで突っ込まれるとは思わなかった。

「えーっと……まぁ、そのような、かんじ」

こわごわと目線だけ向けると、呆れたような軽蔑《けいべつ》したような目をしているムギがいた。

絶望的な気分になる。

「持ち逃げ……貢いだわけじゃなくてか」

「貢ぐわけないだろっ……って、ムギはそんなの知らないだろうけど」

なんでおれが責められなきゃなんないの、という気持ちも少なからず湧いてきて、ついふてくされた口調になる。

すると「いやな言い方して悪かった」とムギが謝ってきた。あれっと、ムギのほうを窺う。そのときすでにムギは目線をどこかに逸らしていた。

今のは呆れたわけじゃなくて、もしかして心配してくれたのだろうか。

「でも……おれがバカだったの。相手の言うこと全部信じちゃって、それまで勤めてたとこを辞めて、住んでたアパートを引き払って転がり込んで。おれが迂闊だったから。信頼して無防備になるのと、自分をさらけ出すのとはぜんぜん意味が違うのに」

「悪いのもバカ野郎なのも、相手の男のほうだ」

「え？」

ムギは低い声でそれだけ言って、再びパソコンのほうに向き直った。

つらかっただろうとか、たいへんだったなとか、翠に対する慰めや同情の言葉はないけれど。

——もしかしてさっきのも今のも、相手の男に怒ってた……？

翠だって慰めてほしくて話したわけじゃない。それでも「おまえも相当世間知らずでバカだ」などのコメントをあえて言葉にしなかっただけかもしれないのに、ムギの反応を願望九割で解《かい》釈《しゃく》して嬉しくなってしまう。

ちょうどそのとき、ケースの中のコムギがごそごそと動いた。

「コムギ……？」

「もう自分の部屋に戻って」

ムギがケースの前に立ったので、邪魔にならないように咄嗟《とっさ》によけたものの、傍を離れたくない気持ちでいっぱいになっていた。

「……おれもここにいていい？　まだ眠くないし部屋に戻ってもコムギが気になる」

「明日は買い出しだ。寝不足で体調が悪いとよけい船酔いする」

「ゆっくりでも暴走でも、どっちにしろ船酔いするんだよな？　眠くなったらこの辺で寝るし、仕事の邪魔はしないから、おれのことは気にしないで」

ムギは諦めたようなため息をついて、勝手にしろとばかりに翠に背を向ける。

だからそそくさとブランケットを持ってきて、ムギの視界に入らない位置を陣取った。


翠、と呼ばれた気がして目を開ける。

身体を起こすと背中や肩がみしっと軋《きし》んで、翠は鈍い痛みに顔を顰めた。スチール棚を背にして、段ボールを敷いただけの床に座った状態で寝ていたせいだ。

肩までくるまっていたブランケットとは別に、足もとに見覚えのない柄のブランケットがかけてあり、寝起きの頭で「？」と首を傾げる。

ムギはケースの前に立っている。昨晩はコムギを看《み》ていたために一睡《いっすい》もしていないんじゃないだろうかと思いながら、翠は「おはよう」と声をかけた。

「コムギはたぶんもうだいじょうぶだ」

「えっ！」

スチール棚からがたんっと音がする勢いで立ち上がり、コムギがいるケースに近付いて中を覗く。

コムギの目はぱっちり開いていて、ピーピーと愛らしい鳴き声を上げた。

「う、うわぁ……かわいい」

昨晩は元気がなくて、そういえば鳴き声も聞いていなかったと今更気付いた。

「挿《さ》しエサを二回食べた。元気だ。心配いらない」

挿し餌《え》用の注射器を見せるムギにそう言われて、全身から力が抜けそうになる。実際、かがみ込んで「あぁ、よかった」と安堵と喜びを嚙みしめた。せっかく助けた命なのだし、母鳥のもとには帰れなくても元気に生きてほしい。

「九時前にボートを出すから。それまでに物品リストのチェックと出かける準備」

今日は買い出し日。ムギの声でスイッチが入り、翠は「了解です！」と立ち上がった。

みんなの朝食を作って洗濯物を干して、昼食の下準備をしておき、鼻歌まじりで風呂場を掃除したらタイムアップ。

しかし、買い物に行く、という浮《うわ》ついた気持ちが、ボートに乗ったらいっきに吹っ飛んだ。

「だからっ、なんでこんな暴走っ……！　操舵がへたくそなだけだろっ」

エンジン音で聞こえないのをいいことに、ムギのうしろで文句を垂れる。

ロデオみたいなボートの荒行《あらぎょう》に二十分ほど耐え、父島に着いた。初日にここへ降り立ったときは激しい船酔いに見舞われていたが、今日は短時間だしだいぶマシだ。

買い出しの前に小笠原自然研究所の本部へ。研究所の所長、室長の奥さんを含めた本部所員に会うのははじめてなので挨拶をした。ムギはきのう保護したヒナの件で報告があるらしく、それが終わるまで応接用ソファーで待たせてもらうことにする。

アイスコーヒーをいただきながら、ちらっとムギのほうを見遣《みや》った。

ムギはずいぶん年上らしき中年女性に「ユーはミーらの目の保養だわぁ。いつ見てもハンサムね～」と逞《たくま》しい身体をぺたぺたと触られている。女性が話すのは英語まじりが特徴的な小笠原ことばのようだけど、翠にも聞き取れた。当の本人はあいかわらずの涼しい表情だ。

離れたデスクにひとりいる若い女性のほうも、なんだか嬉しそうにムギを見ている。

――そりゃモテるだろうなぁ……。

あの整った顔立ちに、分かりやすくフェロモンが出まくっている身体つき。翠だって最初は目を奪われ「おっ、好み」と思ったのだ。

ちらちらと見守っていると、中年女性がムギから離れるのを見計らって若い女性がムギにささっと近寄り、何かを手渡しているのに気付いてしまった。

――うわっ。何あれ、何あれ。

手紙だろうか、プレゼントだろうか。変に穿《うが》って見るから、翠の目にはムギのほうも少々照れた表情に映る。

じつはあれが彼女とかだったらいやだ。はっきりといやだ。いやだなどと言う権利も、立場にもないが。その人おれの元彼なんです、と告げ口したい気持ちになる。

「『あれくらいのつきあいで元彼なんて呼ぶな』ってムギは言うだろうけど」と、アイスコーヒーにささったストローの中にぶくぶくと文句をはきだした。

もやもやと煙《けぶ》った気分で本部をあとにし、港の近くにあるスーパーに入った。

食料も生活必需品もすべておがさわら丸が六日に一度、本土から運んでくる。その輸送費は東京都から補助が出ているので、商品はどれも若干《じゃっかん》割高だなと感じる程度だ。

「生鮮食品から先に売り切れる。食パンは二、三日くらい消費期限がすぎたものも冷蔵庫に入って販売されてたりするけど、みんなそんなことは気にしてない」

離島あるあるに驚かされながら、リストアップした食材や日用品をカートに入れていく。

会計をすませて、買ったものをすべて段ボール三箱に詰め、ボートまで運んだ。

「ムギくん！」

出た。またさっきの本部で会った若い女だ。

ムギは「ちょっとここで待ってて」と翠をマリーナに残して行く。

「……なんだよ、もう」

ぶりっと文句をこぼして、桟橋の前の車止めに腰を下ろした。手持ちぶさたになり、ポケットからスマホを取り出す。こちらへきてからは時計とゲーム機としてしか機能していない。

玄孫島では島内でのみ通じるPHSみたいな無線機は使えるが、あとの通信手段は固定電話と有線LAN接続のパソコンだけ。セキュリティの問題などあり、Wi-Fiは使えない。というか、ない。つまりスマホではネットの閲覧《えつらん》すらできないのだ。

久しぶりにスマホキャリアの電波が飛んでいるところに来たな、と電波強度を示すアイコンがオンになっているのを見ていたら突然着信音が鳴った。

佐々木《ささき》――名前を見てぎょっとする。

金を奪った詐欺野郎だ。憤《いきどお》りで頭がいっきに沸騰《ふっとう》しそうになるのを深呼吸三回でどうにか抑えて、通話のアイコンをタップした。

『翠～、やっと繋がった。ずいぶん捜したよ』

捜してた、なんてどういう立場で電話してきたのか首を傾げたくなる詐欺男の第一声だ。

「……はぁ？　金盗《と》って逃げといてアンタ何言ってんだ。警察に被害届を出したからな」

『ちょっと待ってよ、盗ってないって。借りただけだって』

驚いた。開いた口が塞《ふさ》がらない。

「なんだよ、全額返してくれんの？　だったら今すぐ金返せよ」

『怒らないで話聞いて。翠にスーシェフとしてきてほしいってお願いしてたレストランの協同出資者に逃げられたんだ。それで急に金が必要になったけど、仕事中だった翠に相談できなくて。借りたんだし返すよ、当たり前だろ。だから被害届は取り下げてな』

おそらく翠に訴えたいのは最後の一言だけだ。相手の言葉がひとつでも嘘だと分かると、それに付随《ふずい》する弁明も、結び目がとけた毛糸みたいに綻《ほころ》んでいく。

怒りも度を超すと逆に頭の中を冷やすようだ。

せめてもっとマシなストーリーを練ればいいのに。詐欺師に向いてないよ、と言ってやりたい。

でもその脆弱《ぜいじゃく》な嘘しかつけない男に騙《だま》されていた自分だって相当な大バカだ。

佐々木は、自分は悪くなくてむしろ被害者だ、という同情を買うための説明をつらつらと繰り広げている。なんだかもう話を聞くのも面倒くさくなってきて「へー、そうだったんだ」と相槌《あいづち》をうつと、また騙されてくれたと判断したのか向こうの空気が変わった。

『今、父島の港にいるんでしょ?』

居場所を言い当てられて、激しく動揺し「はぁっ?」と声を上げる。

「なんで……おれが父島にいるって……」

『位置情報アプリだよ。お金ないから出稼ぎにでも行ったかなって心配でさ。そっちの硫黄島《いおうとう》なんかの調理師だとけっこう貰えるって聞いたけど、環境的にも過酷らしいじゃない。だいじょうぶ？　やばい仕事じゃないの？　いつ都心《こっち》に戻ってくんの』

「勝手に……」

気付かない間に位置情報を知られていたなんて――この毒蛇のような男から逃れられず食い物にされそうな恐怖に青ざめる。

翠が言葉を失っていたら、スマホを取り上げられた。

「ム……」

いつの間にか戻っていたムギの大きな手で背後から口を覆われ、しーっ、と合図される。そして翠の耳元で「あとで連絡すると言って切れ」と告げられた。

ムギの指示どおりにして佐々木との通話を終えると、再びスマホが没収《ぼっしゅう》される。

「このスマホの位置情報を相手に共有されてるんだ。圏外《けんがい》でも位置特定される。共有は切るぞ」

翠は返す言葉もなくこくっと頷いて、スマホの操作をそのままムギに任せた。

ショックで茫然としてしまう。借りただけ、金を返すと佐々木は言っていたけれどあんなの嘘に決まっているし、あまつさえ、もう少し引き出せるかもと狙っているのかもしれない。

翠の居場所を把握《はあく》して、もしかして佐々木はここまで追いかけてくるつもりだろうか。

しばらく経ってから険しい表情とため息とともにムギからスマホを戻されたので、小さく「ありがとう」と礼を伝える。金は盗られるわ、スマホは悪用されるわで情けないことこの上ない。きっとムギも呆れている。

「俺の解釈が間違ってるならそう言ってくれ。そのクソ野郎とまだ繋がりたいのか」

翠は瞠目し、ぶるぶると首を振って「あっちからかかってきたんだ」と強い口調で釈明した。

「俺は『今すぐ金返せ』の辺りから聞いてた。玄孫島に帰ったら、金を盗られたときのことをもう少し詳《くわ》しく話して」

不安としゅんとした気分で力なく頷くと、ムギからぐしゃぐしゃと頭を撫でられる。そっと顔を上げたら、ムギと視線が絡んだ。

「もしそいつがここまで追いかけてきても、研究所の許可なく玄孫島には近付けない。何も心配するな」

すっかり落ち込んだ気持ちや憂慮《ゆうりょ》を片手で撥《は》ね飛《と》ばすひと言に、胸をぎゅっと摑まれる。俺が護ってやる、とは言われていないのに、心音はばくばくと騒がしい。

翠はともすれば震えてしまいそうな唇を引き結んだ。

最初乱暴に掻き回すようだったムギの手が、今は少し優しさを含んで触れている気がする。そしてその指先は翠の頭を離れる寸前に耳殻《じかく》を掠《かす》めていった。


玄孫島に戻ってもぼんやりしたまま。

日中にやるべき仕事が終わって陽が傾きはじめた頃、翠はシロツメクサを摘んで白ヤギの菊池さんに与えた。

むしゃむしゃと草を食《は》む菊池さんを屈んで眺めながら、髪や地肌や耳に触れたムギの指先の感触を思い出してぞくぞくしてしまう。

「……だめだ……。しっかりしろ……」

本当はもっと真剣に考えなきゃならない事案があるのに、それがどうでもいいくらい遠く彼方《かなた》へ飛んでしまっている。

ムギに近付いてもあからさまに拒絶されないのは、室長から翠の世話を言い渡されているためで、狭《せま》い環境で半年間を過ごさなければならないというのもあり、大人な対応をしてくれているのだと思っていた。だからここでの暮らしと仕事に関する必要最小限の会話なのだと。

しかし個人的な揉《も》め事《ごと》に対してもムギは知らん顔せず、優しくしてくれた。

今日の父島でのことだけじゃなく、この島にきてから何度も気遣ってくれたり、困っていると助けてくれたり——でも正義感からだと思えば普通のことのような気もする。ムギだけじゃなく、きっと室長、リーダー、森、大翔も、悩みを打ち明ければ相談くらいはのってくれるんじゃないだろうか。自分の願望が、ムギの行動の意味を特別なものにしたがっているだけ。

「菊池さんにもおれにも、おんなじように優しいんだ、きっと」

ぶっきらぼうだし、見た目はちょっと怖いけど。

菊池さんが網の向こうのタンポポを欲しがったので、「ちょっと待ってて」と草むらに入る。

「また変な虫とか出てきませんように」

さっさと取ってさっさと戻ろうとタンポポを摘んでいたら、草むらの奥でがさがさっと何か大きなものが動くような音がした。青ざめて咄嗟《とっさ》に立ち上がる。すると木と木の陰から黒いものがぬっと……。

「わーっ！」

大声を上げたらあっちも「わあっ」と叫んだ。そこに現れたのは、バックパックを背負った大翔だった。

「なんだ、翠ちゃんかよ」

「た、大翔くん……なんだよもう脅かすー。え、なんでそっちから？」

そちらには人が通る道はなかったはずだ。翠の問いに大翔が目を泳がせ、「ちょっと、探し物」と答える。いつも溌剌《はつらつ》とした大翔らしくない曖昧《あいまい》な返しを不思議に感じたけれど、仕事の何かなのだろうと補完した。

「今日の夜ご飯は何？」

大翔に問われ、翠が「からあげ」と返すとガッツポーズで「イエス！」と喜びの声を上げた。

それから夕飯、後片付けもすんで夜になった。とくに何もなければ年齢順で風呂に入る。最後は翠で、風呂上がりに戸締まりをチェックしながら自室に戻る前に、研究室の明かりが点《つ》いているのに気付いた。

覗くとコムギのケースの前にムギがいる。ムギは振り返ると、翠の表情から気持ちを察してくれたのか「心配いらない。コムギなら元気だ」と言った。

すすっと中に入り、ムギの隣に立ってケースの中を覗く。コムギはうとうとと眠そうで、その様があんまりかわいくて、声を出さないようにして笑った。

ほのぼのとした気分でムギのほうを仰《あお》ぎ見ると、ムギも目尻《めじり》が下がっている。ムギは翠と目が合うと、少し照れくさそうにした。その表情にどきんとさせられる。

ほんのりと甘さの漂う空気を破り、ムギが大翔の椅子を引いて翠に寄越した。

「今日の父島での件だ」

促されて着席する。ついに例の尋問《じんもん》が始まるのかと思うと、なんとも苦い気持ちだ。

どうして男に銀行預金を奪われてしまったのか。出会い、事の発端《ほったん》から、暗証番号を知られて金を奪われた経緯《けいい》と状況、アパートの部屋を契約していたのは別人で、男がそこを又借りしていたと判明したことも、仔細《しさい》に説明させられた。

「佐々木の本当の名字は『長井《ながい》』なんだって、そのアパートの契約者が教えてくれて。偽名の人ってほんとに世の中にいるんだね」

ムギとの恋が終わって以降、ちゃんと交際できたことがなくて恋愛貧乏続きだったというのは、いい年の大人として恥ずかしいので黙っておく。

「それで……いったいいくらやられたんだ。月給分くらいとか、車一台分くらいとか」

「三百。十六のときから働いてこつこつ貯めてた金」

「さ……」

翠の回答にムギのほうが鳩尾《みぞおち》に拳を食らったような顔で言葉をなくしている。

「もちろん被害届は出したよ。でも、それもどうかな……って」

「どういう意味だ」

「あんまり騒いで、親とか上の兄にいろいろ迷惑かけたくない。ゲイバレして中二で家を出て以降、連絡取ってないから。まぁ、その辺はもういいんだけど、この歳になってまで男関係でこういう、ウンザリしそうな話を親きょうだいに知られるのはけっこうつらいなって」

ムギが緊張した面持《おもも》ちで無言になり、翠ははっとした。

「あ、ゲイバレしたのはムギが北海道に行ったあとの話だし、おれが家出たのとムギとのことは直接関係ない。気にしなくていいから」

本当はムギとの写真やメールを親に見られてバレた。でもそんなことを今更ムギに明かすわけにもいかない。

あれこれ弁解しているうちに、ふたりの過去の話題にも少し触れてしまった。

翠のフォローにムギは顔をこわばらせたままだ。

よけいなこと言っちゃったな、と後悔して話題を戻す。

「だからって、あいつが捕まる前に被害届を取り下げるつもりはないけど」

「……ああ。でもそれならせめて金は返してもらわなきゃ、気持ちが収まらないよな」

「うん……でも個人詐欺の場合は、お金はほぼ返ってこないっていうしね……」

ムギの表情はこの話を始めたときから険しかったが、眉間《みけん》に皺《しわ》のあとが残ってしまうんじゃないかと心配になるくらい、最後まで苛立《いらだ》った顔をしていた。

詐欺事件についてはじめて話したときもムギは相手の男に腹を立てていたけれど、翠は自分にも隙があったのだと思っている。そう自覚しているから、ムギのため息を聞いて翠も項垂《うなだ》れた。

「もう父島に渡るとき、スマホは持って行くな。本土に帰ったら携帯番号も全部変えたほうがいい。あと、そのザルみたいな暗証番号はどうにかしろよ」

「充分反省しました」

「相手の写真、あるんだろ」

思わぬ問いに「はい?」と顔と声を上げると、「スマホで撮ってないのか」と見せるように催促される。

「え……写真、見たいの?」

「……どんな顔のやつか、見たい」

親の顔が見てみたい、に似た心境ということだろうか。

「いや……でも」

元彼A（初恋の人）に元彼B（詐欺師）とのしょうもない恋愛について語るとかどれほどの業《ごう》を背負ってるんだろう、と思っていたのに、その上相手の顔写真まで？

「俺に見せられないような写真しかないってことか」

「何それどういう質問……」

眉間を狭めて奥歯を噛みしめるような不機嫌な顔をしているし、質問の意図がよく分からないし。しかし、なんとなくいやというだけで拒否する理由がない。

もやっとしながらもスマホに保存している画像を探したら、なんと写真が消されていた。

「……詐欺師は写真に撮られるのをきらうからな。暗証番号を知ってるんだから消されるのは当然だろうな」

「まぁ、もういらないけどさ。……あ、でも、別のとこに残ってるかも」

間違って消してしまったときの保険で、スマホと提携のストレージ以外に、バックアップ用のクラウドがあとひとつあるのだ。

Ｗｉ－Ｆｉが使えないので、翠のスマホとムギのパソコンをＵＳＢケーブルで繋いでリンクさせ、クラウドにアクセスできるようにしてもらった。

予想どおり、そちらのデータは残っていた。ムギは「そういう用心深さはあるのになぜ」と耳が痛くなるよけいなツッコミをぼそっと入れてくる。

数少ない写真から一枚選んでムギに画面を見せた。はじめて家でごはんを作ってあげたときの、オムライスを食べている写真だ。

般若《はんにゃ》みたいな顔をしたムギにそのままスマホを奪われたので、居心地が悪くて、かわいいコムギの寝顔に逃げる。

ムギがスマホを弄っているのは視界の端に捉《とら》えていたけれど、見られて困るものは入っていない。それからすぐにスマホは戻された。

「消しておいた。いらないいんだよな、写真」

「えっ？」

さっきまであった佐々木の写真が消えている。たしかに「もういらない」と言ったけれど。

ムギはすでに背中を向けていて、その表情は見えない。

翠の中のもやもやは膨《ふく》らむいっぽうだ。「何それ、ヤキモチ？」が喉まで出かかる。

「俺はもう少し仕事をする。おやすみ」

終了だ、とばかりにそう言い捨てられ、話を聞いてくれた礼を口をもごもごさせながら述べて、翠は「おやすみ」と研究室を出た。

優しいのか優しくないのか。すごく分かりにくいけれど。

「……心配してくれた……のかな？」

詐欺野郎の佐々木とのことも、家族との確執《かくしつ》についても。言いたい気持ちをぐっとこらえて飲む込むような、苦しげなムギの表情が翠の瞼の裏に焼きついていた。

玄孫島に来てひと月ほど経った。

ヒナのコムギはすくすくと育っている。ムギのことをママだとでも思っているのか、顔を見たら口を開けてぴーぴー鳴くのがかわいい。成長が早くて、見た目はほとんど親鳥と大差ない。高い棚にも飛びのるようになった。来月には試験的に山に戻してみる予定だ。

台風でボートが出せないということもあったけれど、野菜は保存方法を工夫すればだいぶ日持ちするし、肉や魚は基本的に冷凍。あとは缶詰や乾物でやりくりできる。

都会にいれば二十四時間営業のスーパーは珍しくなくて、食材確保に不便は感じないものだけど、翠はここでの生活の大変さを逆に楽しむことにした。消費期限までに、生野菜がダメになる前に、何を組み合わせておいしく食べてもらおうかなと計画するのはゲームを攻略する気分だ。

島での暮らしに慣れて余裕もでき、この暇な時間をどう消化しようか、という新たな悩みも出てきた。そんな翠に室長は「順応性があっていいね」と笑ってくれるが。

海のレジャーは充実している。サーフィンボードはロング、ファン、ショートと揃っているのでチャレンジしてみようかと思ったけれど、リーダーから「サメに気をつけてねー」なんて言われたらひとりで海になんて行けっこない。

――休みの日ならムギにお願いすれば、海に連れて行ってくれたりすんだろうけどなぁ。

そのムギは今日の午後、私用で本土へ向かった。本土へ行くのは五月に入ってから二度目。一度渡るとここへ帰ってくるのは早くて三日後、タイミング次第では六日後だ。大翔は「短期間に二度って今までになかったみたい。謎ー、あやしいなー。女かな」とにやにやしていた。

大翔の下世話な言葉を思い出すだけで、じりっと胸の奥のどこかが焼け焦げる。

「裏庭のマンゴーでデザートでも作るかな」

気分転換に翠が外に出ると、白ヤギの菊池さんが「俺のエサ係」とばかりにやってきた。やれタンポポだ、シロツメクサだ、とTシャツやハーフパンツの裾《すそ》を噛んで催促される。

「ちょい待ち！　菊池さんのも摘んできてあげるから」

竹籠にマンゴーとシロツメクサを入れていると、リーダーに呼ばれた。菊池さんにシロツメクサをあげて、ボニンハウスに戻る。

「研究室の、固有種を保護してるケージ、開けた？」

リーダーは焦っていて、翠はその様子にただならぬものを感じながら「いいえ」と首を振った。

「保護してたトカゲとヤモリがいなくなってるんだ」

「えっ？　逃げたんですか？」

「鍵を開けないと逃げ出せないいんだけど……。いや、そうだよね。翠くんが開けてないならいいんだ。疑うようなこと言ってごめん」

リーダーは翠に謝るとすぐ研究室に引き返した。その研究室の様子が慌ただしい。中から出てきた大翔は機器を片手に、「今から特別保護区に入る」と言う。

「ケージから逃げ出した子を探すの？」

「そうできればいいんだけど、マイクロチップが壊れてるみたいで……そいつらを今日中に探すのは難しいと思う。それより、識別ナンバーを付けてモニタリングしてたオガサワラノスリが一羽いなくなってるっぽくて、俺はそっちを探してくる」

大翔を見送ったあと、翠も落ち着かない心地ですごした。

森の話では、ノスリが最後に確認されたのは半月ほど前とのことだ。山のどこかで死んでしまったとしても追跡できるように識別マイクロチップを足に括《くく》り付《つ》けてある。それが壊れたりする可能性はゼロではないから、調査で山に入るたびに所員が目視《もくし》確認していたらしい。

夜になり、ムギ以外の全員が研究室に集まる中、コーヒーを頼まれて運んだ翠もその後の状況が気になった。

所員は来客用のソファーセットに向かい合わせで座り、一様《いちよう》に難しい顔をしている。

翠が室長の前にコーヒーを置きながら「おれも端で聞いてていいですか？」と訊ねると、翠の顔を見て「いいよ」と頷いてくれた。

「残ってたデータを見る限り、トカゲとヤモリのマイクロチップ電波は同じ日に一時間差で途絶えてたけど、もし誰かが故意に壊したなら、途絶えた時間イコールここから消えた時間とは限らない」

「トカゲとヤモリとノスリ、この短期間にみっつ、マイクロチップの信号が途絶える……偶然壊れるなんて不自然ですよね。だとしたらやっぱり……」

リーダーと森の会話に大翔は唸り、室長は腕を組んだ姿勢で腰掛けたまま動かない。テーブルを囲んで座る四人に翠がコーヒーを出す間もみんな険しい顔つきだ。

「憶測《おくそく》だけでこういうこと言っちゃいけないと思うんですけど……」

重い空気の中、大翔が口火を切った。

「ムギさんがいない日に重なるのは偶然ですかね。半月前からノスリが確認できてませんし、その頃にもムギさんは本土に行ってて」

「大翔。ただの憶測なら軽々しく口にするな」

リーダーが咎めると、大翔は納得いかない顔で「すみません」とぺこりと頭を下げ、椅子に深くもたれかかった。

スパイだって噂、と大翔から聞いたことを思い出す。貴重な動物を裏取引するために送り込まれた、というような内容だった。そんな噂を、大翔はこの中の誰から聞いたのだろうか。それとも、父島の誰かから？

でもムギはそんなことしない。もちろん、ここの誰も。みんなこの島の稀少生物のために働いている人たちだ。

いっそう空気が重く感じられる中、室長が口を開いた。

「外からの侵入者ということもあり得る。ルールを遵守《じゅんしゅ》してる船の事業者は玄孫島へ人を渡さないけど、許可を取らずに上陸する輩《やから》がぜったいにいないとはいえない。玄孫島の桟橋への着岸だと、そこには防犯カメラもあるし我々に気付かれるリスクが高すぎる。その他は着岸するには危険な場所でも、いろんな手を使えば上陸も不可能じゃない」

室長の話にみな頷いて、ひとまず研究室などの鍵は室長が一括管理することになった。

「さすがに研究室の中にまでカメラはついてないもんな。設置するにも金かかるし」

「それを言い出したら島のあちこちにつけなきゃいけなくなる」

そんな話をしながら所員たちがそれぞれの部屋に戻っていく。

翠はマグカップを片付けて室長とともに研究室を出た。

「ムギくんのことは信頼してるから、安心して」

室長からそう告げられ、どうしておれにそんなことを言うんだろ――と戸惑って、翠はなんと返事をしていいのか困った。

「泣きそうな顔してたよ、きみ」

「えっ、あー……そ、そうでした？」

鋭い指摘に目が泳ぐ。

「なんかうまく説明できないんだけど不思議な空気なんだよね、ふたり」

「えっ？」

「ムギくんと翠くん。もしかして知り合い？　でもそんなこと言ってなかったし、知り合いにしちゃよそよそしい。違うとするとそれはそれで不自然なくらい妙にしっくりくるっていうか」

なんという洞察力だろうか。室長はにっこり笑っている間も目を逸らしてくれない。柔和《にゅうわ》だけど圧倒的な迫力に追い詰められる。

人前で「ムギ」と呼び捨てにしないように注意していたし、知らん顔を装っていたつもりだったのに。ごまかしを算段する時間もなく観念する。

「あー、えっと、中学のときに同じ塾に通ってたことがあって」

「あれっ、そうだったの。なんだ、そう言えばいいのに。ふたりとも黙ってるなんてさ」

「……ですよねー。でも顔を知ってる程度で」

「ふうん？」

めいっぱい疑われているが、なんとかこの辺で話をくいとめたい。

「まぁ、とにかく。今回と前回、ムギくんが『私用』で本土へ渡ってることになってるけど、ぼくは内容をちょっと聞いてるしね。それに彼は稀少生物博物館の学芸員であり、大学院の学術研究員なんだよ。こんな僻地《へきち》の稀少生物の密売屋をやるのは相当リスキーだ。損得を天秤《てんびん》にかけたら、今の立場を失うほうが大損するってぼくなら考えるもの」

「……そんなすごい人なんだ」

ぽかんとした顔でそう返すと室長は「動物だけが生きがい、なんて本気で言うような人だよ」と楽しそうに笑っている。

「それもちょっとどうかと思ってたけど、なんかどうやらいい人見つけたみたい」

「ええっ?」

つい、驚きというより小さな悲鳴のような声を上げてしまった。翠が素《す》で食いついたから、室長は「んん?」と目で問うてくる。だから慌てて、なんでもないと首を振った。

「人は人と、つがわなきゃ。夫婦になるってことばかりじゃなくてね。人に生まれたんだからさ、まずは人とかかわって。そう思わない?」

室長はにこりと微笑むと「おやすみ」と翠の肩をたたいて、二階へ上がって行った。


なんかどうやらいい人見つけたみたい。人は人と、つがわなきゃ——いつまで経っても室長の言葉が頭から離れない。

もしかするとムギには本土に恋人がいて、その人と結婚する話になっているのかもしれない。

妄想《もうそう》しはじめたらぜんぜん眠れなくて、夜中にとうとう部屋を抜け出した。屋上に寝転んで空を見上げ、頭の中は夜空の星の数くらい「そんなのいやだ」でいっぱいだ。

ずいぶん長い時間、そこでうねうねごろごろしていたせいで。

「風邪ひいた……」

屋上でごろごろした翌朝、喉が痛くなり、うがいでどうにか凌《しの》げるだろうと無理して一日を過ごしたため、悪化してしまった。

さらにその翌日の朝には、ついに三十八度近い発熱。ムギは明日の昼にならないと戻らないし、病院へ行くためには船を呼ばなきゃならなくなる。その場合往復の船賃は実費だ。

「つらくなったら言いなさいね。うちの嫁《よめ》に電話してボート出させるよ。嫁はゆっくりさんだから父島から来るのに四十五分くらいかかるけど」

「え……室長の奥さん、運転なさるんですか」

「いちおうね。でもいつもムギくんが送迎してくれる。掃除なんて一日くらいしなくたって人間は死なないから。台所の洗い物と、風呂場の掃除はこっちで手分けしてやっとく」

「すみません、ありがとうございます。えと、じゃあ、とりあえず洗濯はします」

男所帯で洗濯物をためると最悪だ。

洗濯をしてからは一日ほぼ寝ていた。市販薬が効かなくて、測るたびに体温が上がっている。夕凪《ゆうなぎ》の時間が迫り屋上へ向かったものの、洗濯物はそこにはなかった。気付くと、屋上のところどころに水たまりができている。

「寝てる間に雨降ったのかな……。あ、だから洗濯物を誰かが取り込んでくれたのか」

屋上から下に目をやると菊池さんの姿が見えたので、エサをあげなきゃ、と一階へ下りた。

「うー……けっこうぐらぐらするな……」

重く感じる身体で多少ふらつきながらも、調理で出た野菜の端っこや皮、それと干し草を用意したが、さっきまでいたはずの菊池さんの姿が見当たらない。

エサをひとまず置いて、菊池さんがいそうな場所をぐるりと探したところ、いつもは閉まっている柵が開けっ放しになっていた。

「え……まさか」

この道は特別保護区に繋がっている。固有種の植物を食い荒らしてしまう菊池さんはぜったいに入れてはいけない。特別保護区の手前までは許可なく行けるので、翠はそこにあった縄をひと掴みして菊池さんを追いかけた。

案の定、発見。しかし最悪なことに、特別保護区内に入っている。翠は縄を首輪のかたちに結び、ネコジャラシの柔らかそうな草を毟《むし》った。菊池さんを草でおびき寄せて捕獲する作戦だ。

「菊池さーん、エサ～」

あえていつもどおりに。草を左手で掲げ、後ろ手に縄を隠す。だけど何かを察知したのか、菊池さんは身を翻《ひるがえ》してどんどん奥へ進み始めた。

「ちょっ……菊池さん！　だめだってば！」

足もとの土が雨のせいか少しぬかるんでいる。入区許可を貰うどころか、悠長に靴の泥《どろ》を払って酢で消毒なんてしていられない。意を決し、そこで靴を脱ぎ捨てて裸足《はだし》で特別保護区に入る。

菊池さんを追って山道を歩き、どうにか近付くことができた。

「菊池さん、これあげる。こっちのほうがぜったいうまいって」

緑色の葉の束をひらひらさせているうちに、山の斜面に菊池さんの大好物のタンポポが一本だけ生えているのを見つけた。

木に掴まりながら斜面に手を伸ばす。だけど靴を履いていないから踏ん張りがきかない。

「くっそ、もう少し」

この最悪のタイミングで菊池さんが山肌を下りてこちらへ近付いてきた。タンポポだけ奪われて逃げられてはたまらない。

翠の指先が細い茎を捉《とら》えるのと、菊池さんが最接近するのはほぼ同時だった。翠は不安定な体勢から菊池さんの首に縄を引っかけたものの、そのままずるっと足を取られて――山の斜面を五メートルほど滑《すべ》り落《お》ちてしまった。

「いった……擦り剝いた……最悪」

ふくらはぎの外側、くるぶしのあたりまで。他はなんともないことが救いだ。

菊池さんを繋いだ縄を自分の腰と腕にどうにか括《くく》る。しかしそこまでで体力を消耗《しょうもう》しきったのか身体を支えきれなくなり、地面に頰をつけて脱力した。熱が上がっているようで息苦しく、頭がくらくらする。

「菊池さん、いい子だから……あぁ、違う、菊池さんはおっさんだった……」

こんなときに好物のタンポポをむしゃむしゃ食べている呑気《のんき》な菊池さんを笑ったあとで、大きく目が回って意識が遠退《とおの》くのを感じた。

……ぱきっと、近くで枝が折れる音がする。翠は閉じそうになる瞼を懸命に上げた。

ぼやけた視界の先にオレンジとイエローのツートンカラーが揺らめいて、あれっ、と思う。見覚えがある色だ。グレーやブラウンばかりの中で明るめの色使いが記憶にある。

――……大翔くんの、靴？

そこでぷつりと意識が途絶えた。


次に気が付いたときはボニンハウスの応接用ソファーの上だった。

「……え……？」

「あー、よかった。もう驚いたよ」

翠の顔を覗き込んでいた森は「室長ー、翠くん目が覚めましたー」と首を後方へ伸ばして呼ぶ。次に目の前にリーダーが顔を出した。

「いないから探したら柵が開いてて、保護区の前に翠くんの靴が脱ぎ捨ててあるし。そしたら菊池さんを縄で括った翠くんが倒れてた」

「……リーダーが見つけてくれたんですか？」

「うん。翠くんはきっと空腹と高熱で、いきなり動いたから倒れたんだよ。でも、翠くんが捕まえてくれたおかげで、菊池さんはちゃんとハウス裏の小屋に戻せた。ありがとね」

意識のない翠を抱え、自由奔放《ほんぽう》な菊池さんを連れて、ぬかるんだ山の斜面を登るのはたいへんだったはずだ。

「すみません。ありがとうございます」

しかし、大翔の姿を見たような気がしたのは幻覚？　それとも夢だったのだろうか。

「……大翔くんは？」

「ごはん係。鍋《なべ》しかできません、っていうから今夜は鍋。あ、脚の怪我はいちおう消毒しておいたけど、なんかしてほしいことあったら言って。シメの雑炊《ぞうすい》なら食べれるかな」

翠が頷くと、リーダーと入れ替わりで目の前に立った室長が「だいじょぶそうだね。解熱剤《げねつざい》飲んだら、ゆっくり休んでね」と声をかけてくれた。


翌朝、自室のベッドで目覚めたあとも熱は引かないまま。朝の支度や洗濯などを皆にお任せすることになってしまった。申し訳ない気持ちでいっぱいだけど、長引いたらもっと迷惑をかけてしまう。

身体がだるくて脚まで熱い。膝の裏に汗をかいている。

何度もうとうとして次に目が覚めたとき、険しい顔つきのムギがいた。

「保護区で怪我したって……倒れてたって聞いた」

「……ムギ、おかえり……」

数日ぶりに見るムギだ。なんだかほっとして、嬉しくて、ふにゃりと笑ってしまう。しかし同時に脚がずきんとして、呻《うめ》くほどの疼痛《とうつう》に顔を歪めると、ムギが足もとのタオルケットを捲った。

身体を起こしたいのに、なぜだか自分の思いどおりに動かない。また目を閉じたくなる。

「……傷口が化膿《かのう》しかけてる」

そう言うとムギは突然、タオルケットごと翠の身体を抱えて立ち上がった。

「……な、に……?」

「父島の病院へ連れて行く」

翠を抱えたままムギは室長に手短に説明すると、ボニンハウスを飛び出した。

化膿しかけていた傷口の部分は処置が比較的早かったために大事には至らず、「あとは抗生物質の内服薬で」と診断された。

付き添ってくれていたムギと一緒に半日程度で病院を出た。ちょっと時間がかかったのは、風邪をこじらせて体力が落ちていたので、点滴を一本入れてもらったからだ。点滴が終わってからも数時間はベッドで横になっていたおかげで、最後は寝ているのが退屈に感じるくらいに回復した。

時間がたっぷりあったので、ムギがいない間におきた稀少生物の行方不明の件を話した。ムギの本土行きとタイミングが重なるから、大翔がムギを疑ってる、ということも。

大翔本人がいないところで言うのは告げ口みたいでいやだけど、それでも話したのは翠の中で確信にも似た疑惑があったからだ。

大翔は嘘をついている。ムギに関する奇妙な噂話——スパイだとか、以前は傭兵だったとか、あれもムギへ疑惑を向けさせるための布石《ふせき》だったんじゃないかと思うのだ。

室長の話ではムギは『博物館の学芸員であり、大学院の学術研究員』とのことだった。傭兵になっている暇なんかないし、きっとお金にも困っていない。もし金のためではなく人殺しが趣味なんて設定ならば、もはやギャグだ。

脆弱《ぜいじゃく》な嘘は他にもあった。玄孫島に毒蛇はいない。その事実に気付いたときは大翔なりの冗談か、からかわれたのだと思った。でもあれはもしかすると嘘というより、本人が知らなかったのではないだろうか。

それに大翔がケージの中にいたトカゲやヤモリを「そいつら」と言うのを聞いたとき、なんとなく違和感を覚えた。他の所員は、島内の生き物たちのことを「この子」と呼ぶ。

極《きわ》め付《つ》きは健康診断の申請書類を翠が作成したとき、大翔は自身の名前を読み間違った。みんなが『大翔』を「たいしょう」と呼ぶものだからうっかりして、「ひろと」というべきところを「はると」と答えたのだ。

いくら別のことを考えていたとしても、自分の名前の本当の読みを、本人が忘れたり間違ったりするはずがない。つまり『大翔』は偽名なんじゃないだろうか。詐欺野郎の佐々木も、本当の名字は『長井』だった。

限りなく大翔が怪しいとはいえ、証拠がないのに室長にだって話せない。でもムギがこのまま固有種や天然記念物を連れ去っていると疑われるのはいやだ。

そんなこともあり、きのう菊池さんが保護区に入り込んでしまったとき、これ以上問題がおきるのはまずいと思ったし、玄孫島の固有種を翠もボニンハウスの一員として護るべきだと思ったから無茶をしてしまった。

誰にも連絡しないで、許可なく裸足で入る判断は間違っていたかもしれない。あの場で菊池さんを捕まえられずに、ただ意識を失った可能性もあるのだ。でもそれについてムギは「助かったよ。結果的に固有種は護られたから」と礼を言ってくれた。

「それに……山の斜面に倒れてたとき、大翔くんの姿を見た気がしたのも引っかかってる」

あのときは熱で朦朧《もうろう》としていたけれど、以前も人が通る道はない場所を歩いてきた大翔と偶然鉢合《はちあ》わせしたことがあった。彼はそこでいったい何をしていたのだろうか。

ムギは翠が話した大翔のもろもろについて最後に、分かった、と頷いただけだった。

ムギが研究所の本部に寄っている間、翠は夕暮れのマリーナの車止めに腰掛けて、ムギを待つことにした。

「どうしたらいいんだろうなぁ……」

大翔の動きも気になるところだが、ムギに向けられている疑惑を一刻も早く払拭《ふっしょく》したい。

「……ていうか、月に二度も本土のどこに何しに行ってたんだよ、って……おれが訊きたいだけなんだろ?」

翠は座ったまま身体を折り曲げて「ううっ」と呻いた。

「でもムギにかけられた疑いは晴らしたいんだよ、ほんとに」

ムギは翠の話を真剣に聞いてくれたけれど、自身が玄孫島を離れていた理由についてはいっさい説明がない。翠からも突っ込んで訊けなかった。それはムギの潔白の証明をするためだけじゃなく、そこに私情を絡めていると自分で分かっていたからだ。

なんかどうやらいい人見つけたみたい。人は人と、つがわなきゃ——そう言っていた室長は、ムギが本土へ渡る理由を知っていると話していた。

「つがいたい相手……」

もしかするとムギの潔白を証明できたときに、自分の想いもそこで絶たれるのかもしれない。切なくて胸がぎしぎしと軋《きし》んでいる。この苦しさは知っている。恋の痛みだ。

とっくに、ムギにもう一度恋をしていると気付いていたけれど、自身を騙しながらでもどうにか半年間を耐えなければと思っていた。

陽が落ちて、どんどん辺りは暗くなる。夕焼けの中で沖に碇泊《ていはく》する船が影絵のように浮かんでいるのを眺めながら、今日目覚めたときからのことをぼんやりと思い返した。

――翠、翠、だいじょうぶか。

いつも飄々としているムギが少し焦った声で、名前を呼んでくれた。翠、と。昔みたいに。その声が残っている気がして、嬉しくて、赤くなっていそうな耳を右手で塞ぐ。ムギの声を、言葉を、逃したくない。もうずっと頭の中を廻《まわ》り続《つづ》ければいいのに。

ボートに乗る前だったのかあとなのか意識が混濁《こんだく》していたけれど、あれが夢じゃなければいいなと思う。

他の誰とも違う。名前を呼ばれるだけでこれほど嬉しいなんて、ムギ以外にいない。

だからもう一度ちゃんと呼んでほしい。

もしムギに決まった人がいないなら、中学生のときみたいに自分の想いのままに全身で「好き！」と叫んでもいいだろうか。

「はっず……」

でも翠にとってこれまでの生涯で、恥ずかしい自分も、無理をしている自分も、情けない自分も全部、さらけ出せた人はムギだけだった。

切羽詰《せっぱつ》まった声で名前を呼んでくれたのが妄想でないなら。再会した日、恋の導火線についた火にそっと空気を送り込みたい。

期待したくなる気持ちを島に来てからずっと抑え込んでいた。だけどノンケにばっかり惚《ほ》れてしまう自分は、いつだってダメ元だ。最高に大好きな人に二度ふられる覚悟をするなんて我ながらバカかと思うけど。

「いや……おれだってそりゃあ、ふられたくないよ。幸せになりたい」

お金なんかいらない。もう、二百万円もいらない。なんにもいらないから、ムギが欲しい。

「人が生きていくために必要なのは愛じゃなくてまずは金だ、なんて嘘です。ごめんなさい。

おがさわら丸から海に向かって呟いた言葉は取り消させて、神様」

「何を言ってるんだ。金は必要だ」

声がしてそっとふり返ると、背後にムギが立っていた。夕焼けの濃いオレンジ色に染まった景色の中で、あいかわらずムギはロマンチックを手の甲で払い除けるようなちょっと不機嫌そうな顔をしている。

「金なんかなくても、好きな人と一緒にいれたらいい」

唇を歪めて反論する翠に向かって、ムギは呆れ顔で大きなため息をつく。

「そんなぬるいこと言ってるから、幸せになれないんだ。俺なら、金も愛も欲しいものも全部取りに行く。ひとつでもあきらめたら、それを言い訳にする日がくるだろ。そんなのは、愛を貫《つらぬ》いたとはいわない」

恋の甘い毒に痺れて、うっとりとムギを見つめてしまう。やっぱり好きだ。この人が好きで好きでたまらない。このまっすぐさと強さに攫《さら》われてしまいたい。

「ムギ……」

甘ったるく名前を呼んだのに応《こた》えてもらえず、怖い顔をしたムギに腕をぐいっと掴まれるままに立ち上がった。

「すぐ真っ暗になるから、とにかく帰るぞ。話はそれからだ。ボートに乗って」

何もかもを蹴散《けち》らすような勢いでテキパキと船出の準備を進めるムギに、翠は力なく頷いて従った。

翠の気持ちなど置いてけぼりで、暴走ボートは玄孫島へ向けて出港する。

ムギは告白するチャンスすらくれないのだろうか――ため息をついたとき、走り始めてすぐにボートのエンジンが急停止した。「え?」と顔を上げると、ムギが右舷方向を指している。

「一瞬、明かりが見えた。玄孫島の東側」

「明かり?」

目を凝《こ》らすけれど、翠には何も見えない。むしろ、他の島からの光や月の明かりが水面に反射して、どれが人工の光なのかすらよく分からないくらいだ。

「気のせいじゃないの？」

ムギはポケットからスマホを取り出して電波を確認し、「ぎりぎりだ」と呟いた。父島の携帯電話の電波がまだどうにか届く位置らしい。

すぐさまボニンハウスに電話をかけて、そこに大翔がいないことを確認すると、「東側に無許可の船が着いてるかもしれない。念のため警備艇に拿捕要請《だほようせい》を」と伝えて通話を終えた。

それからボートは少し遠回りをし、怪しい明かりが見えたという辺りを避けるように玄孫島を一周した。

「あ……」

暗い海と玄孫島のシルエット、そして明かりを消した一艘の影が翠にも見える。

「俺があの船にライトを当てるから。さっき説明した手順は分かってるな」

ここへ来るまでに指示された内容を反芻《はんすう》し、鋭いまなざしのムギに向かって翠は「うん」と頷いた。

ムギは積載してあったサーチライトをボートの操舵室上に掲げると、翠に電源を入れるようにと目で合図した。

夜の海に、空に、怪しい船に、サーチライトが強力な光を放つ。照射された船上には複数の人影があり、逃げだすつもりなのか慌ただしく動いているのが見える。

それから翠はムギに指示されていたとおり、照明弾を夜空に向けて打ち上げた。

玄孫島のほうでもライトの明かりが忙《せわ》しなく動いている。

「誰も怪我しなければいいけどな……」

島影を見遣るムギの険しい表情を見たら、翠もはらはらと落ち着かない。

ほどなくして、奥のほうから二艘の警備艇の明かりが近付いてくるのが見えた。

「あとは警備艇に任せればいい。ボニンハウスに戻ろう」

大翔はどこにいるのだろうか。

「夜の山に逃げると危ないから、あの場所で所員に捕まるほうがいいよな」

あれだけ疑っていたのに、心のどこかで、憶測が全部間違いだったらいいのにと願う自分もいる。もし本当に密売人の仲間であっても、父島でノネコの保護活動をしていた頃の気持ちは純粋なものであってほしい。

「お人よし」

ムギがぼそっと言ったけれど、その顔は優しく微笑んでいるように見えた。

しかし玄孫島の桟橋に接岸し、ボニンハウスに駆けつけてすぐに、ムギが本気でキレる展開が待ち受けていた。

大翔は今回、絶滅危惧種にも指定されているアカガシラカラスバトのコムギを、密売人に渡そうとしていたのだ。

今コムギは研究室のケージに戻されている。順調に育ち、もうすぐもとの特別保護区に帰す予定だった。それを大翔だって分かっていたはずなのに。

ムギの拳が大翔の頬を掠めて、ボニンハウスの壁に大きな穴が開いた。

「おまえのようなやつに拳でふれるのも虫唾《むしず》が走る」

大翔はムギの拳が壁に当たった瞬間こそ顔を顰めたものの、そのあとは言い訳や反論もなく無表情だった。

これまでにも、保護区に生息する稀少生物を手当たり次第に捕まえ、固有種の植物をいくつも引き抜いていたらしい。

見境《みさかい》ない大翔の行動には良心のかけらも感じられず、翠もショックを隠せず言葉を失う。どんな理由だろうと許されるものではないが、後悔が窺えない今の大翔の態度を見ても同情の余地すらないのは明らかで、翠としても悲しい。

大翔は最後まで誰とも目を合わせようとせずに無言のまま、警察に連行された。

事情聴取のために室長とリーダーは父島へ。この件で父島の本部に加勢を要請された森も、移動の準備をしている。ムギは玄孫島に残り、こちらで必要な処理を行うことになった。

慌ただしいやり取りは深夜にまで及び、「森さんもおつかれさまでした」とムギが最後の電話を切ったのは、研究室の時計が二十四時になろうという頃だった。

「あっ、熱は？」

思い出したようにムギに訊かれて、「忘れてた」と答えるくらいにはぴんぴんしている。寝込むほど風邪を拗《こじ》らせたことは今までなくて、点滴を打たれたのも人生ではじめてだった。どうやらあれが相当効いたらしい。

「脚の怪我はどうなんだ」

「痛み止めが効いてるっぽい。化膿っていったって大した範囲でもなかったし」

「そうやって擦り傷だって舐《な》めてるから……」

じっと翠が見つめると、ムギはしゅわしゅわと消えていく炭酸みたいに、言葉の勢いをなくしていく。

やがてひとつため息をついて、椅子の背もたれに身体を深く預けて天井《てんじょう》を仰いだ。

「……なんか、疲れた、今日は」

「いろいろあったね」

「俺は寝不足続きなんだ」

本土に渡っていたときに何かあって、寝不足だったということだろうか。

翠がムギの様子を窺うと、ムギも目線だけこちらにくれる。

互いに見つめ合うこと数秒。ムギが話を聞いてくれそうな気配を感じ、翠は椅子を引いてきてムギと向かいあうかたちで座った。それに気付いてムギが身を起こす。

「いろいろ、いっぱい、ムギに話したいことがあって」

ムギも翠のほうへ近付いてきた。膝と膝がごつんとぶつかりそうなくらい近い。父島のマリーナでは勢いで想いを叫べそうだったのに、こうしてあらたまって向き合うと慣れない距離感に照れくささもあり、やたらと鼓動《こどう》が早くなる。

ひとつ息をつき、翠はためらいがちに話を切り出した。

「え……と、最初に確認したいんですが。ムギって、奥さんとかいないよね？　あ、過去にいたりするのかな。えー、あの……今は、心に決めた人、好きな人はいますか」

「いるよ」

さらっと答えが返ってきて、光の速度で撃沈《げきちん》する。しかし、がっくりと項垂《うなだ》れた顔を摑んで上向かされた。

「なんだその穴だらけの質問。ばかなのか」

「ば、ばかって言うな」

「いるよ、って返ってきて、それが自分のことだとは思わないのか」

瞠目してかたまる。感情のアップダウンに頭がついていけない。

「ム、ムギ……じゃあ」

ムギが本土へ渡っていたのも含め、これまでムギの周辺にちらついていた異性の影は、翠が憶測していたのとは違うということだろうか。今は驚きのほうが勝っているし、翠が期待している言葉をはっきりと聞けたわけじゃないから、自分の想像に自信が持てない。

「なんでおまえ……いなくなったんだ？」

絞り出すようなムギの声と見たこともないほど苦しげな表情に、事情が分からなくても翠の胸は切なく絞られた。

「ごめん、違う。そう言いたいわけじゃなくて……」

上向かされていた両頬からムギの手がするりと下に落ちて、翠の手を摑んだ。

「俺が北海道に引っ越して、連絡サボりぎみで、悲しい思いさせてるのほんとは分かってたのに、……俺は心のどこかで、電話やメールを待ってくれてるはずだって、それが当然だって思ってたのかもしれない」

ムギにそんなつもりはなかっただろうけど。そう考えたほうがムギは自分のしたことを、あるいはしなかったことを結果的に納得できたのだろう。

会えなくなった寂しさが大きくて、短いメールや電話を貰っても、よけいつらくなってしまうこともあった。

「おれは待ってたよ。待ってたけどさ……、親にバレちゃったんだ。携帯をバキバキに壊されてムギに連絡できなくなったとき、『これでほんとに終わった』って、気持ちがぷつんって切れたっていうか。それに、精神を叩き直すためにって親の知り合いの寺に預けられて……」

「……その寺も行った」

「えっ？」

思わぬ告白をされて、翠は驚きの声を上げた。

「携帯が通じなくなってて、自宅にかけたら『いない』の一点張りで。親に交通費を借りて東京まで行ったけど、けっきょく門前払い。付き合ってた相手が俺だと、きっとご両親には気付かれてたんだろうな。こっちも引けないから家の前で粘ってたら、お兄さんがこっそり出てきてくれて。寺院名と住所が書かれた紙を渡されたんだ」

翠の兄はそういえば、ムギに似たかんじの人だった。口数は多くないけれど、困っているとするりとやってきて助けてくれるような。そんな兄とも、もう何年も会っていない。

「だけどその寺に俺が行ったときにはもう、おまえはいなかった」

「だって……寺で修業しておれの何が変わるっていうんだよ。精神を鍛《きた》えたら、女の子を好きな普通の男に……？　なるわけないのに。気持ち悪い異分子だから、恥ずかしいから、邪魔だから、家族に捨てられたと思ったんだ。いろんなことが耐えきれなくて、寺から逃げ出した」

新宿二丁目に行けばどうにかなるかもと三丁目の辺りで足が竦《すく》んでいたら、のちに後見人となってくれた春日に拾われたのだ。春日に「ここは子どもが来るとこじゃないよ」と声をかけられ、「帰るとこない」と助けを求めた。

あのとき出会ったのが春日じゃなくて、悪い大人だったらどうなっていただろうか。

「そのあとのことは、だいたいここで話したとおりだよ。でもさ、高一になったばっかりと中学二年生じゃ、いろいろしかたないっていうか。おれはムギを恨んでないし、むしろ、きっぱりきらいになれなくて、そういう意味でなら困ってたかな。ちゃんとふってもらってたら、別の恋愛とかあったかもって……。ムギのこと以上に好きになれる人が現れなかったらやばい、一生ぼっちだ、どうしようって思ってた」

「そういうわりには、俺の顔を忘れてたじゃないか」

「そっ、そっちだって知らん顔した！」

「「はじめまして、って」」

ふたりで仲良く声が揃って、「え？」と顔を見交わす。

「父島に下船したときムギが迎えに来てくれたけど、あのとき船酔いで具合悪かったのもあってちゃんと顔が見えなくて。いや、そもそもムギが変わりすぎなんだよ。ぱっと見、分かんなかった。ちょっと似てんな、って気がしても、自分の思い込みだろうって普通思うでしょ。だってここ小笠原諸島だよ？　こんなとこで会えるなんて考えもしなかった」

「俺は会ったとたん『はじめまして』って言われたから、同じように返しただけだ。本当に忘れられたか、思い出したくもないって意味か、どっちかだって解釈して」

「それはおれも。過去のことに触れるなって意味の『はじめまして』だと思った」

話をしているうちにふたりとも興奮して、いつの間にかひたいが合わさりそうな距離まで近付いていた。お互いに同じような誤解をしていたと知り、「はあ……」とため息をつきあう。

「なんなの、バカなのかほんとに」

「ムギだってバカじゃん」

　ムギは顔を上げて「俺は、俺のことを言ってるんだ。十六のときの大バカな俺も殴りたい」と眉を寄せた。

「泣かせたのが俺だって分かってた負い目もあって、『はじめまして』と拒否されるのも当然だと思った」

「おれのこと探したんだって、再会したときすぐに言ってくれたらよかったのに」

　翠がぼやくと、ムギは険しい顔つきで首を横に振る。

「そんな、自分に都合のいいことだけ、自分の弁解ばかり言えるわけないだろ。おまえが本当につらいとき、寂しかったとき、助けてほしかったはずのときに、俺は傍にいなかったんだ。綺麗ごとを並べて主張する権利なんかない」

　まじめなムギが言いそうなことだと、話を聞いていたら理解できた。しかも再会したときふたりとも『はじめまして』と挨拶している。翠も最初、ムギとどう接したらいいのかと戸惑っていた。

「だからもう一度、今度はちゃんとって」

「そのわりにはなんか冷たいし、ぎすぎすしてたけどなぁ」

「いろいろ考えすぎて距離の取り方が分からなかったんだ。気持ちが昂《たかぶ》ったら自分の言い訳を始めてしまいそうで。今度こそ後悔しないように、泣かせないように、想いを伝えたいって」

真摯なまなざしのムギに胸の真ん中を射られる。もうそこには何本もあたたかくて甘いものが深いところまでささっている。

「嘘だよ、伝わってた。冷たい口ぶりでも態度でも、ムギは根っこが優しくて、それをおれは自分の都合のいいように感じちゃってんだろうなって思ってた。ムギに心全部持ってかれたらだめだって、無理にふんばってなきゃいけないくらい、ムギの優しさとか存在にぐいぐい引っ張られてた。なぁ……もう、我慢すんの、やめていい？」

今すぐ抱きしめられたい。自分から飛び込むのじゃなくて、強引なくらいに搦《から》め捕《と》られたい。ムギからそうされたら、きっと幸せで死ねる。

熱く見つめていると摑まれていた両手首を強く引かれ、ムギの胸に倒れるようにして抱きしめられた。

「ムギ……」

「好きだ、翠。……翠」

ぎゅっと力を込めてさらに深く抱かれる。幸福感に酔いしれて翠はくらりと目眩を覚えた。

「ムギが……、おれのことを好き……？」

「あの頃も、今も……翠から目が離せない。惹《ひ》かれる。やっぱり、翠がかわいい。愛《いと》しいよ。こんなふうに思うのは翠だけだ」

ムギの甘やかな愛の言葉が、抱きしめられたところから身体中に染みわたっていく。

「……ほんとに、死んじゃいそうだ。苦しい。息できないよ」

息ができないと言ったのに、ぐるりと抱きしめられたままその口を塞がれた。

「ん……」

唇が触れ合うだけで全身が痺れる。ただ重なるだけのキスが懐かしい。

心が震えると、吐息も震える。

言葉にしなくても雄弁に、翠がムギとの恋しか知らないで生きてきたことが、それですべて伝わってしまう気がした。十代の頃ならまだしも、いつまでも不慣れなのは単純に恥ずかしい。

「たかがキスなのに、震えるとか……かっこ悪いよな」

だからつい自虐的《じぎゃくてき》な言い方をしてしまった翠の顔を、ムギは無言で覗き込んでくる。

髪を指先で梳《す》かれ、地肌を擽《くすぐ》られてぞくぞくして目を閉じると、ムギに何度も唇を吸われた。

「ムギ……昔、キスしたの覚えてる?」

「忘れるわけない。俺たち、子どもみたいなキスだった」

一緒にいたころは実際ふたりとも中学生だ。まだ子どもで、触れ合うだけのキスしか知らずに。でもそれだけで嬉しくて、こっそり隠れて小鳥のように啄《ついば》みあうのが楽しかった。

好きな人と一緒にいられる幸せな時間。あまりにも綺麗な思い出だったから、のちのどんな出会いもそれを超えられなかったのかもしれない。あの頃の昂りには少しも追いつけないのを、心だけは分かっていた。もしも身体を繋げる快楽を知っていたら、それに逃げてごまかす術《すべ》を身につけて、それはそれで違う人生があったかもしれないが。

「日本のはしっこのこんな小さな島で再会できたんだから、どうしたって結ばれる運命なんだよな、おれたち」

ちょっと冗談のつもりで言ったら、ムギは照れたみたいにうっすら微笑んだ。

視線が絡んだその刹那《せつな》に言葉を交わさないままでも通じ合って、ふたりはどちらが先というのでもなく唇を寄せた。両手を繋いでくちづけ、重なりを深くしたくて顔をゆっくりと倒す。

ムギが舌先で翠の上唇をなぞって開かせ、内側に侵入してきた。粘膜に触れられると身体が不安定に揺れ、腰がぞくっと震える。力が抜けてしまう寸前に、ムギが抱きしめて支えてくれた。それからキスの間中、頬や髪や首筋を優しく撫でてくれる。

幸せに全身がとろけてしまいそうで、翠もムギの背に手を回して縋《すが》りついた。探ってくるムギの舌を舐めて応《こた》えると、くちづけがもっと深くなる。

胸が苦しくなるほど恋しい。苦しいのにもっと強く抱き合いたい。全身で押しつぶしてほしい。

唇の合わせをといても息がかかる距離で「ムギ……」と愛しい人の名を呼んだ。ムギが鼻先を翠の鼻にこすりつけてくる。そっと眸を覗かれ、翠もうっとりと見つめ返した。

「翠の部屋に行かせて」

ムギの低い声にぞくぞくさせられる。翠は瞼を閉じて、こくりとひとつ頷いた。

ここから先はきっと繕《つくろ》えない。ムギの前でかっこつけるのは、もうよそうと思った。

「ムギ……おれ、はじめてなんだ。誰とも、あの、したことなくて」

正直に告げると、ムギは「えっ？」と声を上げる。

「詐欺師……前の彼氏とは？　一緒に住んでたんだよな？」

ぶるぶると首を振った。それでもまだムギは驚いた顔のまま問いを続けた。

「さっきだって……たかがキスなのに、とか、震えるとかかっこ悪い、って言ってただろ？」

「それはまぁ……だから一般論、的な？　この年まで未経験なんて恥ずかしくて……」

答えながら逸らした目を追いかけて覗き込まれ、翠は照れくささで笑みをこぼした。

「だってさ、ムギ以上に好きになれる人がいなかったから。ムギだけに触ってほしくて、取っておいたんだ」

最後はむきになってくっつけたけれど、こうなるとただの結果論じゃない気がしてくる。

「……触ってほしいって思ったのムギだけって……それはほんとにほんとだから」

そこは冗談だと思われたくなくて、もぞもぞと弁解する。

すると、ムギは頬が緩《ゆる》みそうになるのをこらえる様子でぐっと奥歯を噛むと、翠の腕を引いて立ち上がった。

翠の部屋のベッドで重なりあってから、どこにどう触れられても、これはすべてムギに望まれての行為だと思うと大きく胸が喘《あえ》いだ。その胸の突起を強めに吸われて、じんっと腰まで快感が響く。

身体の中でいちばん小さな部分まで丁寧に愛撫《あいぶ》してくれるムギの頭を、翠は両腕で抱きかかえた。嬉しくて、愛しくて、そうしないではいられない。

さっきムギも「愛しいもの」とでもいうように翠の耳殻や指先に濃《こま》やかにくちづけてくれた。そのひとつひとつがお互いの想いを交換しているみたいで、悦びが倍増する。

ムギは歯や舌や唇を使い、しこっている小粒《こつぶ》を念入りに食んで、翠を着実に追い上げていく。

「んっう……ふ、んっ、んん……」

手の甲で口を塞いでも、鼻腔《びこう》を抜ける声がいやらしい。

ムギの手が下肢《かし》に及ぶと翠はますます昂り、硬く勃起《ぼっき》したペニスをこすりあげられて、ついに声がとまらなくなった。

「あっ、……あぁっ、や……、ああ……」

ムギに片手で身体を抱き寄せられ、くちづけられながらの手淫《しゅいん》で、頭の芯がどろりと溶けだす心地だ。気持ちよさに思わず腰を揺らめかすと、耳孔に淫猥《いんわい》な言葉を吹き込まれた。

「腰を振りたい?」

瞼の裏側が熱く、赤くなる。はしたないと指摘された気分で否定するけれど、ムギは「オスの本能だからしかたないよ」と笑った。

身体を裏返され、腰を高くする姿勢を取らされる。

「脚の怪我は、平気か？　どこも痛くない？」

ムギに気遣われて、怪我をしたのは側面だからそこがこすれなければだいじょうぶと、翠は頷いた。

するとあらわになった後孔《こうこう》に突然ぬるりとしたものが触れて、翠は短い悲鳴を上げ、つま先をまるくした。

「そっ……」

振り向かないまでも分かる。そこをムギの舌で愛撫されている。

最初にきたのは羞恥心《しゅうちしん》だけど、そんなことまでしてくれるとは思いもしなかったので、気持ちいいのよりムギの愛を感じるのが嬉しい。

目尻に涙が滲んでぐすんと鼻を鳴らしたら、いやがっていると思ったのかムギの舌は離れた。

でも「いやじゃない」と言ってしまうと「もっとして」と解釈されそうだ。それはそれで……と狼狽《ろうばい》しているうちに、そこに何かを塗《ぬ》り込《こ》まれ、指がそのまま秘部に挿入《そうにゅう》されていく。

「や……あ、何……、ぬるぬる……」

「手のひらの温度で溶ける固形オイル。ボディ用のだから変なものじゃない」

この部屋へ入る前に、ムギが自分の部屋へ寄り道した意味がやっと分かった。

それが身体の熱で溶けていく。窄《すぼ》まりもその内側もオイルまみれになって、なんの抵抗もなくムギの指が深く沈《しず》められてしまった。

「う、やっ……入っ……」

「痛い?」

違う、と首を振る。ただ、未知の領域に触れられている漠然とした怖さに怯《おび》えた。翠が素直に「怖くて」と訴えると、ムギは宥《なだ》め賺《すか》すようにうしろ髪やうなじにキスをくれて、しかし指はずるりと内壁を撫で上げ再び奥へ。ムギは気遣う声で「我慢できる?」と問うだけで引く気はないらしい。

液状になったオイルは後孔から陰嚢《いんのう》、内ももを伝い、ペニスの先を滴《したた》り落《お》ちていく。

「ひ……」

ぬるぬるの雁首《かりくび》を手のひらで包み込まれて、そこを執拗《しつよう》にこすりたてられた。

「……あぁっ、んっ、あっ……」

オイルの滑《すべ》りが加わったのと、ムギにされているというのもあり、自慰《じい》では得たことのないほどの快感だ。

ムギに前を愛撫されるのに夢中になっている最中にうしろの一点を丁寧に捏《こ》ねられ、そこから広がる甘い疼《うず》きをはじめて覚えて翠は戸惑った。

「な、んっ……う、あぁっ……」

声が高く跳ね上がる。自らの蜜《みつ》とオイルでぐしょぐしょに濡れたペニスを揉みくちゃにされながら、遠慮なく後孔も同時に掻き回されたら腰がぶるぶると震えだした。

「ああっ、んん……、ムギ……ムギっ……」

「気持ちい？　いいよ、腰振って」

我慢できない。激しく手淫されるといっそう尻の奥が疼いて、翠はたまらず腰を大きく揺らめかせてしまった。一度そうするともう歯止めが利《き》かない。

「あぁ、あっ、あ、んっ……あ、はっ……！」

身体を前後にゆすり続けていると、頭の奥がぼんやりと酩酊《めいてい》してくる。

「あー、ああ、ムギ……気持ちい……気持ちいいっ、もう溶ける……」

「溶ける？　どこが？」

ひっきりなしに攪拌《かくはん》されている後孔はぐずぐずになっている気がするし、快感に痺れているペニスの先はとろりと溶けているのではと思ってしまう──それをたどたどしく伝えると、ムギが背後からのしかかってきて、翠と一緒に、まるで抽挿《ちゅうそう》するように腰を振ってきた。

「そんなこと言われたら、たまらないだろ」

耳元にムギの荒い息遣いが響いて、すごくいやらしい。まるでふたり繋がってセックスしているみたい。

早くそうしてほしい、一緒によくなりたいと思う。

「翠に……挿《い》れたい」

手を取られて導かれ、熱く滾《たぎ》ったムギのペニスを握らされた。それはどきっとするほど太く硬く猛《たけ》っていて、鈴口《すずぐち》から物欲しそうに蜜を垂《た》らしている。

「ムギのこれ……舐めたい。舐めていい？」

全部しゃぶりたい──頭がかっとして、一度そう思うともう我慢できない。

「いや？」

翠が背後に向かって問うとムギに「じゃあ、あとで翠のもしていい？」と返されたので、頷いてすぐさま身を翻した。

ムギを座らせて脚の間に陣取り、ひと息にほおばる。口に入りきらないほど大きく、先端まで硬くて嵩《かさ》がしっかりと張っているムギのものを懸命に舐めた。雁首を口蓋《こうがい》や頬の内側に押し当て、こすりつけ、陰茎に舌を絡めて吸い上げる。

「翠、……やっぱり……だめだ、離せ」

「……や、だ」

「翠の口の中……気持ちよすぎて、やばいから。もう代わって」

ぐいと顎《あご》を摑まれると口が開いてしまう。気に入っていたものを取り上げられて、翠は鼻を鳴らした。そんな翠の卑猥《ひわい》な表情を、ムギは眉を顰《ひそ》めてじっと見つめてくる。

「舐めてるおれも、口ん中……上顎とかに、ムギの先っぽがこすれると気持ちよくて……したことないから知らなかった」

するとムギは怒ったような切羽詰まった顔で、翠の身体を再び裏返した。

「——っだめだ、もう。挿れさせて」

ムギも高揚《こうよう》しているようで、背後から「泣いても、とめられないからな」と熱く滾った吐息を翠の耳の穴に吹きかけてくる。

「好きだ……。翠を、俺だけのものにしたい。翠の全部が、欲しい」

後孔の窄まりにムギの鋒《きっさき》が押し当てられ、ムギの強引さにときめきながら翠はこくこくと頷いた。好きだから欲しい、とめられない、なんて言われたら嬉しさしか感じない。

間を空《あ》けずに翠の中に先端がぬぷりと潜《もぐ》り込《こ》み、緊張と衝撃で思わず縮《ちぢ》こまる。その強張った背筋を、ムギが労《いたわ》るようにさすってくれた。

さっき強気なことを言ったばかりなのに、翠が本気で怯えたり少しでもつらそうにするたびにムギは優しくしてくれて、快楽以外の部分で心も身体もきゅんと痺れている。

「もう少し深くしても、平気か？」

「だいじょうぶだから、ムギ……きて」

そこからは少し時間をかけて、深くまで。やがて最奥《さいおう》に沈められたとき、翠は「ひ、んっ」と短い悲鳴のような嬌声《きょうせい》を上げてしまった。

「ごめん、奥は痛かった？」

気遣うムギが腰を浮かしそうになり、「ちが……」と背後に手を伸ばす。

「……痛くない。……よくて、すごくて、あ、あぁっ……なんか、たまらなっ……」

言っているそばからそこを捏ねられて、ぞくぞくぞくっと背筋を快感が突き抜ける。

「き、気持ち、よくてっだめっ……あ、ああっ、ん」

深いところをもっと深く、強く突かれて、太ものの内側がざあっと粟立《あわだ》った。

「こんな奥で、感じるのか？」

「だって……だって、あぁっ……」

もっと奥を苛めてほしい。尻を高く突き上げてねだるようにすると、ムギはいっそう息遣いを荒くする。

「奥が、好き？　どうしたら気持ちいい？」

「お、奥、奥っ……好き、好き、んんっ……もっと、こすりつけて、いっぱい掻き回して……ムギっ……」

すぐにお願いは叶《かな》えられて、翠はムギに押しつぶされながら激しく喘いだ。

「こう？」

ぐちゃぐちゃと音が響くほど強く、奥まで掻き回される。

「ああっ、あ、あぁっ、だ、め……ムギ、あ、イっちゃうよ……！」

ムギに背後から耳朶《じだ》を食まれながら、「もうイくの？」と甘く問われる。

「……も、う……あぁ、ん、んっ……もう、イくイく、もうイっていい……？　イっていい？」

「イって」

ぴったりと腰を押しつけたムギに最奥をぐりぐりと突かれて、それが痺れるくらいの絶頂を翠にもたらした。激しく腰を震わせて撒《ま》き散《ち》らしたもので、シーツをぐっしょりと濡らす。

自慰をするのとはまったく質の違う性感。頭が真っ白でしばらく動けない。

ずるんと硬いものを引き抜かれたら、またそれで肌のあちこちが粟立った。

力の入らない身体をひっくり返されて、息も整わないうちに今度は前から貫かれる。

「あ、あ、やっ……ムギ、んっ……！」

さっきとは違う場所をひとしきりこすられて、翠は腰を浮かせてよがった。

「翠……翠っ……」

意識が混濁するほど穿《うが》たれ、これ以上ない高みへと追い上げられる。よすぎて自分でも訳が分からなくなり、「ずっとして。やめないで」と口走っていた。

ムギの背中に腕を回し、ひしっと抱き合って一緒に揺れた。いちばん深いところに嵌《は》めて力強くグラインドされるのが、半泣きになるくらいにいい。

「ムギぃ、それ、すごいっ……すごい、いいっ、ああっ、んっ……！」

ひっきりなしに抽挿され、接合部が泡立《あわだ》つほどぐちゃぐちゃに攪拌される。

ムギが上擦《うわず》った声で「中が、やばい」と呻いた。

涙で滲んだ目を必死に開けて、自分を心ごと揺さ振っている人を見上げる。ムギは瞑った瞼を震わせて熱っぽい吐息をこぼし、それから目を開けると興奮が滲む眸で翠を見下ろしてきた。

「ムギも……ムギも、いいの？」

「翠の中……とろとろで、気持ちいい」

いつもクールなムギの声が少し掠れている。ほんとにいいんだと伝わる声も切羽詰まった表情もかっこよくて、胸が甘く絞られる。

蕩《とろ》けきった後孔を強く抉られ、翠は苦しいほどの悦楽を与えられて首を打ち振った。

「あぁっ、あっ……ムギ、好き、好きっ……ああっ」

「俺も、翠が好きだ。このままここに閉じ込めておきたい。翠が、かわいい……」

ムギの腕に囲まれてできた籠の中はあたたかくて気持ちいい。よすぎて、涙がぼろぼろととまらない。身も世もなく喘ぐ翠の頬や首筋にキスをするムギも、想いごと全部翠の全身にぶつけるように突き上げてくる。

横隔膜《おうかくまく》が痙攣《けいれん》してしゃくりあげるとうしろがきつく締まり、ムギが翠の上でぶるりと身を震わせた。

「締まっ……ごめんっ、とめられない……！」

「や、やめないでっ……はあ、あ、あっ、またイく……！」

身体の中にたまりきっていた想いを解放しきるまで、ふたりはいっときも離れなかった。

さんざんいちゃいちゃしまくった翌朝、三百万円の札束がベッドの上にぽんっと置かれた。

「……ここのお給料はまだ、のはずだよな？」

そもそもサラリーを翠に渡すのはムギじゃなく、研究所の本部所長のはずだ。だとしたら、これはなんの金なのか。ベッドから身を起こしただけの翠は、状況を呑み込めずにタオルケットをぎゅっと握りしめた。

ムギは下だけ穿《は》いた格好でベッドの脇に立ち、ペットボトルの水をぐいと飲みほして口元を拭っている。

「翠のだ。佐々木こと長井から奪い取ってきた」

「……え？　どういうこと？」

「前回は下調べで、今回は翠の金を取り返すために本土へ渡ってたんだ」

「と、取り返すって……？」

唖然《あぜん》としてムギに問いかける。どうやって佐々木と連絡を取ったのだろう？　どうやって会ったのだろう？　頭の中は疑問でいっぱいになった。

「この島は携帯はつながらないし使えないからパソコンのメールでしかやりとりできない、と俺が翠になりすまして、フリーメールから連絡を取り合ってた。もう一度ヤツに騙されたふりをしたんだ」

「ムギが？　佐々木とメールを？」

「それで佐々木を呼び出して。ヤツの連絡先や顔写真は翠にスマホを見せてもらったとき、パソコンに落としておいた。そのあとは……佐々木にいろいろと、……金の工面《くめん》をさせて」

途端にムギの歯切れが悪くなり、翠もじわじわと眉間《みけん》を狭める。

「い……いろいろ、って……？」

「それはだから、まぁ、いろいろな方法で。非合法な金融機関を梯子《はしご》させたりな。クソ野郎がその後どうなろうと俺の知ったことか。あいつは翠の金を借りただけだと言ったんだ。金を借りたら返す。だったら同じことをさせるまでだ」

あの男が捕まったところで、金は返ってこない可能性が高い——そういう話をしたから？

ぽかんとして、ムギの顔を眺めてしまった。ムギはべつに「褒《ほ》めて」とも「どうだ」とも言わないけれど、仇《かたき》を取った、とでもいうような清々《すがすが》しい相貌《そうぼう》だ。

「え、う、……すごい……」

それにしてもムギを怒らせると怖いってことは、玄孫島に来てよく分かった。壁に穴が開くほどのグーパンだったり、容赦《ようしゃ》なく借金させてまで金を返させたり。

「翠の心や気持ちを踏みにじられるのは、気分が悪い」

まるで自分のことみたいにそう言ってくれるムギに、翠ははっと我に返り、「ありがとうございます」と深々と頭を下げた。するとムギが慌てた様子で翠に近付く。

「翠の三百万は戻ってきたけど、ここの契約期間が終わるまではちゃんと……」

「いるよ。います。もちろん。ムギと一緒にいたいしね」

一緒にいたいのは本心でも、それとこれとは別の話。何があっても仕事はちゃんとやり遂《と》げるつもりでいたし、人として、男として当然だ。それに玄孫島での生活は不便だけど、そこも含めて楽しいと心から思っている。

ムギは安心したように表情を柔らかくして、翠の傍《かたわ》らに腰掛けた。間近で互いを見つめるとキスしたくなって、どちらからともなく顔を寄せる。ムギに頬や首筋を撫でられながら唇を啄みあうだけで、幸せな気持ちでいっぱいに満たされた。

ムギの逞《たくま》しい胸に頭を預けていたら、翠にはひとつ気になることが浮かんだ。

「……でもムギ、どうしよう。もうすぐみんなボニンハウスに戻ってくる。さすがにエッチとか、ここじゃできないよな」

もっとずっと先のことはひとまず置いといて、狭い島での生活はあと四ヵ月ほど続く。ムギに耳朶を擽られるだけでさっそくべったりと甘えたい気分になっているというのに、こんなに魅力的な恋人が傍にいながら禁欲的にすごさなければいけないとはまるで拷問《ごうもん》だ。

それまでふにゃんとしなだれかかっていた翠は、がばりと顔を上げた。

「想像しただけで頭が変になりそう！」

翠と向かい合わせで、ムギもむむと顔を顰めている。

「父島にホテルや民宿はあるが、顔見知りがどこかに必ずいるから泊まれば目立つ」

「じゃあ若者ってどこでエッチしてんの？　車とか？　え、まさか、おそとですか？」

開放的かつ刺激的かもしれないけれど、玄孫島にはそもそも車がないし、どこだろうと無茶な話だ。

「今日まで悩んだこともなかった……。稀少生物のこと以外で、唯一最大の課題かもしれない」

話している内容に不釣り合いなほどまじめな顔で唸るムギに、翠ももっともらしい口ぶりで
「おれも一緒に対策を考えます」と頷いてみせた。

「うーん……でも、あとちょっとだけ」

みんなが帰ってくるぎりぎりまで。数分の猶予《ゆうよ》でも、くっついていたい。

翠が「ふへっ」と頬を緩ませると、クールな恋人も満更《まんざら》でもない様子で顔をほころばせた。

愛にいちばん近い島

竹芝桟橋《たけしばさんばし》から貨客船に乗り二十四時間（七月に新型おがさわら丸が就航して到着が一時間早くなった）、南南東に約千キロメートルの位置にある世界自然遺産・小笠原《おがさわら》諸島。玄孫島《やしゃごじま》はその大小三十ほどからなる群島のひとつだ。

小笠原諸島には梅雨《つゆ》がなくて、七月に入ったとたん気温は連日三十度を超え、洗濯物は毎日ぱりっと乾く。

畳《たた》んだばかりのTシャツを見つめること三秒。翠《すい》はおもむろにそれを手にして顔に近付け、真っ白な生地の匂いを、すん、と嗅《か》いだ。ふんわり柔軟剤《じゅうなんざい》と夏の太陽のいい香り。

「ふは……」

目の前の洗濯物はみんな同じ匂いのはずなのに、これはムギの私物だから翠の胸はきゅううっと絞《しぼ》られる。

「……やばい。おれちょっと変態っぽい」

誰も見ていないからつい、魔が差してやってしまった。猛烈に欲求不満なせいだ。

中学時代に恋が終わったムギと、この島で再び想いを通わせることができたものの、そこからが問題だった。

ムギの愛に頭からつま先、そして心までもたっぷり満たされるエッチをしたのはたった一度。

それも半月ほど前になる。

　玄孫島はその大半が特別保護区に指定されているため、自由に行動できるのはボニンハウスの周辺くらいだ。そのボニンハウスはNPO法人・小笠原研究所の分室であり、室長をはじめ四名の所員とともに暮らすシェアハウスみたいなものでもある。それぞれの部屋の壁は薄く、よって島内のどこにも、気兼ねなくふたりきりになれる場所がない。

　小笠原諸島の中でいちばん栄えている父島《ちちじま》（暴走ボートでここから二十分）でさえ、カラオケボックスや漫喫はもちろん、恋人たちがデートに使えそうなホテルはない。旅行者用の宿泊施設はムギが面割れしているから泊まれば目立つ。

「うっかりTシャツの匂いだって嗅いでしまうってもんだよ」

　切ないため息をついて立ち上がり、翠は畳んだ洗濯物を所員それぞれの部屋のベッドの上に置いて回った。

　ドアに鍵《かぎ》がついていないのも困りものだ。寮の管理人、いわゆる寮監《りょうかん》である翠が日中は掃除やもろもろで入室するので、貴重品は備えつけの小さな金庫にしまう決まりになっている。医者や救急隊員がいないこの島で災害など緊急事態が起こったときの、脱出救出経路をより多く確保するためでもあるので、それも致し方ない。

　プライベート時間に人の部屋をノックもなしで覗くような無遠慮な人はいないけれど、万が一ということもあり得る。そんな環境のせいでふたりは、キスがやっとの日々だ。

翠は所員らのための雑用を終えて、夕飯の支度《したく》の前にボニンハウスの外へ出た。

ボニンハウスには研究室で保護・観察している稀少種の生物たちのほか、外来種で玄孫島最後のノヤギが一頭いる。

「菊池《きくち》さーん、ごはんだよー」

小笠原の住民を彷彿とさせる名前の白ヤギをお世話するのも、寮監である翠の仕事だ。ここで暮らし始めて三ヵ月ほど経《た》つが、今では菊池さんの言いたいことがちょっと分かるような気がするほど打ち解け合っている。

菊池さんはめったなことでは鳴かない代わりに、けっこう表情がある。そら豆みたいな目が笑っているように見えるときは穏やかだったり嬉しかったり、気分がいいとき。そんな菊池さんだけど、翠がエサをやり忘れているときは「メエエエエ」、怒っているときは短く「メェッ」と鳴く。

呼ばれた菊池さんは翠の姿を見つけると、「俺のエサ係!」とばかりに駆けてきた。

「今日は菊池さんの好きなとうもろこしです!」

見せびらかすと「早くちょうだい」と翠の身体の周りをひと回りする。菊池さんはとうもろこしの皮と芯の部分がいちばん好きで、穎果《えいか》は食べすぎるとおなかを壊すので少しだけ。

「おいしい?」

食事に夢中な菊池さんの前に屈《かが》んで眺めてほのぼのした気分になる。

辺りが少し暗くなり、特別保護区の山に入ったみんながもうすぐ下りてくる時間だ。

今日の夕飯はチーズチキンカツと海草サラダ、根菜スープ。新鮮なものがいつも手に入るわけじゃない離島だから、チキンは冷凍、海草は乾物だ。けれど明日の仕入れで父島へ渡れば、あまり日持ちしない豆腐や魚介類を購入できる。

「あしたはお刺身用の鮮魚も予約してるんだよね。室長の誕生日なんだ」

今度の週末、室長の村瀬《むらせ》は奥さんが待つ父島の自宅に帰るらしい。まったくのプライベートで一泊するのは三ヵ月ぶりだと言っていた。

基本的に所員は日曜日に休むようになっているものの、世界遺産の小笠原諸島に管理体制を敷く関係省庁、本土の大学や他の研究所からの来客が訪れることもあるので、その場合は対応しなければならない。それでなくても山の特別保護区の管理と、研究室で保護している稀少生物のお世話などもあって無休とほぼ同じだ。寮監の翠に至っては、仕事のメインが家事なので完全な休みはない。

「さすが、『所定の休日』が空欄《くうらん》だっただけある」

その辺のもろもろを覚悟の上でこの島へやってきた。不便で不自由な孤島だけど、都心では見ることのない鳥や動物や草花に囲まれ、ボニンブルーの海と深く濃い夜空に瞬《またた》く満天の星々が穏やかで優しい心にさせてくれるこの地を、翠は気に入っている。

「ただ、結ばれたばかりの若い恋人たちが楽しめるような環境は整ってないってだけで……

まぁ、普通に考えて玄孫島にカップルは訪れないだろうしね」

玄孫島全体が関係者以外立ち入り禁止となっており、小笠原研究所に上陸の申請《しんせい》をして許可を得なければならないからだ。

話し相手の菊池さんは相槌《あいづち》を打つようにしっぽをふりふりしている。

翠はそれを見てくすりと笑った。

とうもろこしを完食した菊池さんが、翠の背後をじっと見るので振り向いたら、ムギが山から帰ってきたところだった。

「おかえり」

翠が立ち上がって声をかけると、ムギも「ただいま」と返し、山の雑草で作られた干し草を手渡してきた。たった今とうもろこしをあげたばかりなのに、さっそくその干し草を欲しがる菊池さんに「まだ食うの？」と言いつつ一束《ひとたば》だけ食べさせる。

ムギはサファリシャツに多機能ポケット付きのベストを纏《まと》ったいつものレンジャー風のいでたちだ。今日も最高にかっこいい。

「コムギは元気だった」

「ほんとっ？」

コムギは山の特別保護区をムギに案内してもらった際に翠が偶然見つけた、落巣《らくそう》したアカガシラカラスバトのヒナだ。ボニンハウスに連れ帰った当初は弱っていたものの、研究室内でムギが中心となり世話をしたおかげですくすく育ち、先週、山へ戻されたばかりだった。

ムギがデジタルカメラで撮影してきた現在のコムギの姿を見せてもらい、その命を繋《つな》いだひとりとして感動的な気持ちになる。

小さな命が本来あるべき姿、いるべき場所で自由に羽ばたいている。それにほんの少しだけどかかわれた――そう思ったらうるっときた。

こういう涙を人に見られるのはなんだか恥ずかしい。だからロープや工具などの備品が保管された倉庫に逃げるように向かう。

「翠」

なのにムギが倉庫の中についてきた。

目尻《めじり》を少しだけ濡らしていた涙をぐいぐいと拭《ぬぐ》いながら、振り向かずに「何?」と答える。

屈んで、古い干し草を新しい干し草の上に積み替えたところで、ムギも隣に並んだ。涙に濡れた眸《ひとみ》を充分に隠せないまま横にちらりと目をやると、ムギにじっと見つめられる。

ムギの表情は「どうした?」と心配そうだったので、翠は隠すのをあきらめて照れ笑いした。

「ちょっと……感動しちゃっただけ。コムギはここに来た最初の日は弱ったヒナで、それを密売人に売り飛ばされそうになったこともあったから、山に元気な姿で戻れてよかったなって」

「……そうだな」

挿《さ》し餌《え》をして面倒を見ていたムギも同じ思いがあったようで、頷いて優しく微笑《ほほえ》んでくれる。

それから大きな手でくしゃくしゃと翠の髪を撫《な》でた。

「ちょ……汗かいてるから」

少し動けばすぐに汗ばむ真夏の、窓ひとつない倉庫の中はサウナ同然だ。ムギの手をよけようと彼の腕に触れて目線を上げたら、そのまま見つめ合ってしまった。

途端にふたりの空気が甘く色づいていく。

「………」

ここでムギと何度かキスをした。今日みたいに山から持ち帰った干し草を翠が受け取ったら倉庫に向かい、それを手渡したはずのムギまで中に入ってくるのがならいだ。

同じ流れで、今日もこっそりキスをする。

翠の髪を撫でていた手に引き寄せられて、唇を吸われた。互いの部屋でもキスくらいはするけれど、その場合は物足りなさを覚えるほどの軽い触れあいだ。だけどここでは、ムギが翠の内側の粘膜を舌で擽《くすぐ》ってきて深くまで絡め合うキスになるので、彼の基準がよく分からない。

「……ん、……っ……」

キスにすら耐性がなくて、ムギにそんな触れ方をされると、翠はあっという間に身体の力がへにょっと抜けて崩れてしまう。

軽く屈んだだけの姿勢を保てなくなり、翠は膝と左手を床について、もう片方の手はたまたま引っかかったムギの上着のループを摑んだ。

心臓が強く鼓動《こどう》し息が上がる。苦しくて、頭の芯がぼんやりして……。

「翠っ？」

慌てた声色で名前を呼ばれ、はっと目を開けた。

「翠、だいじょうぶか？」

心配そうな表情のムギに「あ……うん」と力の入らない声で返し、首もとの汗を拭う。

急激に興奮したのもあるけれど、暑さで意識が遠くに行きかけていた。

「出よう。身の危険を感じる暑さだな」

腕を引かれて翠が立ち上がったときには、ムギはさっきまでの熱っぽい表情ではなくなっていて、置いてけぼり感がちょっと寂しい。

——ムギには高性能のオンオフスイッチがついていそう。

恋というのは時として、そういう制御《せいぎょ》が利《き》かなくなるものじゃないのだろうか。燃え上がっていればいるほどに。

「……翠？」

いつまでも蒸し風呂みたいな倉庫の中に突っ立っていたら、ムギが外で扉を閉めようと翠を待っていた。その足もとには菊池さんもいる。

「ほんと、暑さでぼーっとなっちゃうよ」

倉庫から出ると、太平洋の海原《うなばら》からの風が木々の隙間を優しく吹き抜けてくる。心地いい海風で汗ばんだ肌がクールダウンする頃には、翠の気持ちもすっと凪《な》いだ。

翌日、父島での買い出しをして、夜は室長の誕生日をボニンハウスのメンバー全員で祝った。いつもより少し豪華な料理を並べ、翠が焼いたチーズタルトにチョコペンで年齢の『56』を描いたケーキも用意した。

「玄孫島で刺身はひさしぶりだったなぁ。アズキハタ、アオリイカ……あ、アカバの煮付けもおいしかったね。ホールのケーキなんて食べたの、何年ぶりかなぁ」

ケーキを食べて嬉しそうにしている室長に「近海ものだから新鮮ですよね」と返すと、「おいしく調理してくれた翠くんの腕がいいんだよ」と褒《ほ》められて素直ににこにこしてしまう。

「翠くん、こっちに来てからまだウミガメ料理は食べたことないんじゃない？　ウミガメの刺身とか味噌《みそ》煮込みとか寿司《すし》とか」

向かいに座っているリーダーの藤井《ふじい》に問われて、翠はぶるぶると首を振った。

「だってあのウミガメでしょっ？　無理です、無理。水族館で泳ぐのとか、涙を流しながら産卵する姿が頭に浮かんで無理です」

ウミガメ料理がメジャーな地域は日本では小笠原以外にない。日本の一部地域でしか馴染みのない食べ物はいろいろあるけれど、小笠原へ来てはじめて知ったウミガメ料理に翠は衝撃を受けた。

「土産物店《みやげものてん》に行けばウミガメの玉子クッキーとかあるよ。知らない？　さくさくでおいしいよ」

涙を流しながら産卵する姿が……という話をしたのに、森《もり》の問いかけは残酷《ざんこく》だ。翠はひきつり笑いを返すしかない。

料理をあらかた食べ終えた室長が「あぁ、そうだ」とメンバーに向かって声をかけた。

「今週の土曜、ぼくが父島に帰るとき、藤井くんもあっちに渡るから」

「新しい研究員さん、七月半《なか》ばに来る予定がちょっと繰り上がって、日曜にボニンハウスに入ることになった。その受け入れもろもろで俺も本部に呼ばれてる」

今度入ってくるのは海洋生物研究のメンバーふたりだ。

藤井は「だから、室長の奥さんのお迎えのボートに一緒に乗ろうと思ってて」と付け加えた。室長の話では午前十一時頃には着岸するらしい。

「じゃあ、室長もあんまり休みってかんじにならないんじゃないですか？」

翠の問いに、室長は「土曜は藤井くんにお任せして、でも日曜は一緒に本部で仕事になっちゃったね」と鷹揚《おうよう》に笑っている。

「じゃあ、土曜の昼から翌日曜の昼までは室長と藤井さんの分のごはんがいらないってことですね。で、日曜の夜は新しいメンバーがふたり増える、と」

ここに残る所員は森とムギのふたり、そして翠だ。翠が確認すると室長が「ついでと言っちゃなんだけど」と次の提案をした。
「森くんはちゃんとした休みをずっと取ってなくて、たしかもう四ヵ月近く玄孫島から出てないんだよね。先月の密売事件のときに父島に渡ったのは仕事だからノーカンでね。で、森くんも一緒に一日くらい休みを取らせてあげたいなって。ぼーっとするのでもいいし、居酒屋行くのでもいいし。本土へ行ってる息子の部屋でよければ、夜はうちに泊まってもかまわないよ」

室長の提案に森は「いいんですか？」と確認し、最後は「わ……嬉しいです！」と満面の笑みを浮かべる。

今度は室長はムギと目を合わせた。
「……で、申し訳ないけどムギくんは五月にお休みを取ってるから、今回はここに残ってもらえると助かる」

ムギは五月に二度、本土へ渡っている。翠の三百万円を元カレ詐欺師《さぎし》の佐々木《ささき》こと長井《ながい》から奪い返すためだった。

ムギは「もちろんです」とすぐに快く頷いた。
「翠くんは、玄孫島で何かあったときムギくんひとりじゃいろいろと困るだろうから、連絡係としてもいてもらいたいし」

よろしくね、と室長にお願いされたときには、不自然なほど顔がにやけてしまっていた。

土曜日の午前十一時、室長が笑顔で「なんかあったら連絡してね。万が一のときは嫁《よめ》がボートを出せるし」と言い残し、藤井と森を連れて父島へ。室長の奥さんが操舵《そうだ》するボートを翠はムギとともに桟橋《さんばし》から見送った。

ボニンハウスに戻ればこれから二十四時間ほど、ムギとふたりきりだ。ボートにむかって手を振りながら、どうしようもなく顔がにやんと緩《ゆる》んでしまう。

ムギはどんな顔をしてるんだろうと覗くとあいかわらずの無表情で、嬉しくないんかい、と言いたくなった。

その無表情のまま踵《きびす》を返してムギが歩き出し、慌てて追いかける。

「……室長、気を回してくれたのかも」

並んだらムギがぼそっとこぼしたので、翠は「えっ？」と声を上げた。

「俺たちのことを話したわけじゃないけど、なんとなく、気付かれてるんじゃないかなって」

「気付かれ……ほんと？」

「会話とか、雰囲気とか、そういうので。もともと洞察力《どうさつりょく》の鋭い人だし」

思い当たる節《ふし》があり、翠は渋面《じゅうめん》になった。気を付けていたつもりがいつものクセで、みんながいる前で「ムギ」と呼んでしまい、「中学時代に同じ塾に通ってて、その当時は仲が良かったんです」といまさらな報告をしたのだ。

藤井と森は気にもとめていなかったようだけど、室長は声にこそ出さなかったものの、ほんの一瞬「あれれ?」という顔をしていた。

ムギと想いが通じる前、室長にはふたりの過去について少し話したことがある。お互いに知らん顔を装っていた頃だったので、その際に「顔を知ってる程度」と微妙な嘘をついてしまった。だから嘘の破綻《はたん》が気付かれる決定打になったのかもしれない。

「あー……ごめん。追及に余裕なくして半端な嘘ついたり、名前呼びしたのおれだし。ムギの立場的に困るよな。自分がここの人間じゃないからってお気楽にしてるつもりはなかったんだけど……迷惑かけちゃってる……」

うまく立ち回れなくて歯痒《はがゆ》い。ムギを困らせたくなんかないのに。

すると歩きながらムギがぎゅっと翠の手を繋《つな》いできた。

「俺は困らない。迷惑だとも思ってない。職場恋愛で周りに気を遣《つか》わせたり、あまつさえ不快にさせるのは、いいことじゃないってだけだ」

「職場……恋愛」

耳慣れない言葉に今頃になって、これって職場恋愛なんだ! と気付かされる。

まともな恋愛経験がないせいで想像力が追いついていなかった。

「まずいよねやっぱ。おれは根無し草みたいに生きてるけど……」

翠は半年の契約でここを去る身だ。何かで気まずくなっても期限まで耐えればいいが、ムギはそういうわけにはいかない。

それに、立場が違いすぎる。考えてみれば、博物館の学芸員をしながらの学術研究員でもあるムギと、かたや期間限定の寮監（その前は無職で住所不定の無一文）の自分だ。守らなければならないものの大きさが桁違《けたちが》いな気がする。

「……しかもおれ、男だし」

翠がぽつんとこぼした言葉にムギは足をとめ、眉間《みけん》に皺《しわ》を寄せてじっと見つめてきた。

「自分を卑下《ひげ》するな。今、よけいなことをいろいろ考えてただろ」

「卑下。あ、卑下か。ナチュラルにそういう思考になってた」

言われて気付くのは、ノンケにばかり惹《ひ》かれるという長年の性《さが》で染みついてしまった考え方だ。

するとムギは険《けわ》しい表情をふっと緩めた。

「根無し草なんて言うが、おまえはやる気や根気もなくふらふらしてたわけじゃないだろ。まじめに働いてコツコツ金を貯《た》める大変さは俺だって分かってる」

「……うん」

「それに、少なくとも俺にとっては翠が男だからとか関係ない。性別の括《くく》りなく『職場恋愛』がどうかという話だ。俺の大切な人のことを、おまえ自身が悪く言ったり思ったりするな」

真顔で告げ、ムギは繋いだままの手を引いて再び歩き出す。

ムギの言葉を噛み締めると頬がじわりと熱くなった。ムギの真摯《しんし》な想いを包み隠さずに告げられたことが嬉しかったのと、自分の幼稚な考え方のせいで相手を悲しませていることに指摘されるまで気付かないなんて恥ずかしかったからだ。

――ゲイだからってつまんないとこに拘ってるのはおれのほうだった。

翠はムギの手をきゅっと握り返して「ありがとう」とはにかんだ。

室長からは「新メンバーの受け入れ準備だけ、残ったふたりでやっておいて。あとはゆっくりしてていいから」と言付《ことづ》かっていて、翠は昼食後に空《あ》き部屋の掃除を、ムギは研究室でデスクワークをこなしていた。

「翠、そっちの仕事が終わってたらシュノーケリングでもしてみるか。サーフボードがあるから、波乗りでもいいし」

「えっ、行く！　やったことないけどどっちもやる！」

みんなが仕事をしているときに自分だけ遊ぶのも気が引けるし、そもそもひとりで海に行くのは怖いしで、玄孫島に来てからまともに各種レジャーを楽しんだことはなかったのだ。

シュノーケリングは泳ぎが得意じゃなくても、水中マスク、シュノーケル、フィンのみっつがあればできる。

ラッシュガードとウェットパンツに着替えて、安全のためのライフベストと、珊瑚《さんご》や岩でけがをしないようにグローブも装着する。

ボニンブルーの海の中を覗くと、白に黒の縞《しま》模様の魚や、ネオンみたいなイエローやコバルトブルー、鮮やかなオレンジの魚たちがまるでひらひら揺れる木の葉のようで、はじめて目にした絶景に翠はいたく感動した。研究所のブログ用に写真も撮《と》る。なんでも揃《そろ》う都心でも、ぜったいにお目にかかれない景色だ。

ムギに手を引かれて水中散歩をして、中学時代に翠が頼み込んでムギとはじめてデートしたことを思い出した。それがまさか十数年経《た》って小笠原諸島の孤島でふたりきり、海のデートができるなんて。

陽がだいぶ傾いてから少しだけサーフィンのファンボードも教えてもらい、砂浜に上がったときにはぐったり四つん這《ば》いになるほど全力で遊んでしまった。でも心地よい疲労感だ。

「めっちゃ楽しかったぁ……」

砂浜にごろんと仰向《あおむ》けで大の字になる。陽が沈《しず》みゆく空は、アメジストパープルからインディゴブルーへのグラデーションがうっとりするほど美しい。

「玄孫島に来て、こんなに遊んだのはじめてだった」

「沖に出ればイルカが見られる。チャンスがあったら連れて行きたいんだが」

「うん。ありがと。そのときはお願いします」

寝転んでいる翠をムギが上から覗き込んだ。

「翠。グリーンフラッシュは知ってる?」

「あー、えーっと、太陽が沈むときの現象だっけ。ガイドブックで読んだだけで見たことない」

「今日は見られるかも」

「えっ、まじで?」

水平線に沈む太陽が緑閃光《りょくせんこう》を放つ瞬間があるという、稀少な現象だ。空気がとても澄んだ場所で、晴天であること、水平線や地平線が見渡せる場所であることなどいくつか条件があり、小笠原諸島はグリーンフラッシュが見られる確率が高い環境らしい。しかしガイドブックに載っている写真だけでは、どんな現象なのか具体的には分からなかった。

翠が身を起こして座ると、ムギも隣に並んだ。

「太陽が沈む、その一瞬を見逃《みのが》すなよ」

空は徐々に明度を下げ、太陽が沖の向こうに落ちていく。地球が回っているのを視覚的にはっきりと感じる光景だ。

ふたりとも息を潜《ひそ》めてその様子を見守る。

「……わ、……あ……わぁっ……」

水平線に沈んでしまう寸前に太陽が膨張《ぼうちょう》したように見え、鮮やかなエメラルドグリーンの光を放って消えた。

「み、見た、見た、あれ、今のだよねっ！」

「あれを見た恋人たちはしあわせになれるらしい。稀《まれ》な現象だから、そう言われるんだとしたら、しあわせになるのはなかなか難しいってことなんだろうな」

興奮している翠とは違い、この現象を何度も見ているらしいムギの横顔は穏やかで、くわえてムードなんて考えてなさそうな発言だ。

「最後のはよけいだと思う。おれはムギとしあわせになるんだ」

ぐいぐいと腕や肘《ひじ》をムギの身体に押しつけると、その勢いのまま肩を抱かれた。

ムギの意外な行動にどきっとさせられる。それは当然だとでもいうように力強く抱きとめられて、翠は照れ笑いでムギの肩にひたいをすりつけた。

陽が沈んで辺りはすっかり暗くなり、誰もやってこない南の孤島にふたりきり。

「無人島に漂着《ひょうちゃく》した人みたい」

まったりした気分になって、思いつきを口にする。それにムギはくすりと笑ったようだ。

「無人島にひとつだけ、翠なら何を持っていく？」

子どものような問いに、翠は真剣に悩んで眉《まゆ》を寄せる。

「えっ、何かな。スマホが使えないことは分かってるし、サバイバルナイフとか、鍋《なべ》とか？」

「料理人らしい答えだな。だけど火はどうやって熾《おこ》す？」

「木の棒と木の葉を使って、何時間もかかってるのテレビで見たしなぁ。じゃあライター？

でもやっぱナイフとか鍋は必要じゃない？　雨水を集められないと生きていけないし」

「生きるつもりか、そこで」

「ムギはあきらめるの？　無人島で生きること」

むしろ、自分は生きることしか考えていなかったというのに。

ムギはまたうっすらと笑っている。

「俺は翠を連れて行けるならいい。助けが来なくて、いずれ死ぬしかなくても」

驚きの答えだ。ひとつだけ、と言うから、使えそうな物しか頭になかった。

「そんな……人間ってアリ？　それにおれ、ナイフとか鍋とかなかったら、ぜんぜん使えない男だよ。おれなんか持って行ってもほんとに死ぬよ」

笑いながら返すと、ムギは優しいまなざしで翠を見つめてくる。

「最期《さいご》は翠といたい。もう離れたくない。翠が俺の知らないところで、俺の知らない男といつかはなんて……まぁ、相手が知ってるやつでもいやだけど。俺以外とでもいいから生きて、しあわせになってくれとは、ぜったいに言いたくないんだ」

胸のどきどきがどんどん大きくなっていく。どうしていいか分からないくらい動悸《どうき》がおさまらなくて、嬉しすぎて困って、だからつい「す、すごい口説《くど》かれてる」なんて返し方しかできない。そんなことが言いたいわけじゃないのに、予想外にムギの言葉が熱烈だったからだ。

「死ぬかもしれないところに連れて行こうとする俺はイヤか」

たとえ俺が死んでもおまえは生きろ、という場面を映画なんかではよく目にする。相手が生き残るべき使命を背負っているからとか、ただ愛する人を助けたいからとか、そういう壮大で崇高《すうこう》な理由で。道連れにしようと考えるのは弱い人間のする愚行《ぐこう》で、心の美しくないものとして描かれることが多いけれど。

「ううん……おれだって、ムギがおれを置いて、ひとりでどこかに行ってしまうのはいやだ。何がなんでもふたり一緒じゃなきゃいやだって思ってくれるの嬉しい。無人島だってどこだって、一緒にいるほうがいい」

今度こそ巡《めぐ》り会えなかったら——ここで再会できた奇跡を、無駄にしたくない。もう二度と離れたくない。

「まぁ、迎えの来ない無人島へ行けと言われた段階で断るけどな。それが仕事なら辞めて違う道を探す。翠と生きていける方法を考える」

「その答えは最高にズルいよー」

「どうとでも言え、だ」

文句をこぼしていた口をいきなり塞《ふさ》がれ、翠は慌てた。船が着く桟橋に設置されている防犯カメラが気になったのだ。

「ちょっ……防犯カメラ……」

「この辺りはもう米粒程度にしか映ってない」

再び強引な力で抱かれ、翠はそのまま肩の力を抜いてムギに身を預けた。しなだれかかると腰と背中を支えられ、すぐにキスが深くなる。

辺りからは寄せては返す波の音しか聞こえない。あとは互いの舌が絡まりほどける水音だけ。

「ムギ……しょっぱい、海の味がする……ね」

ムギの唇が口角から頬へ滑《すべ》って、耳朶《じだ》と耳のうしろをざらりと舐《な》められる。「翠も」と首筋に歯を立てられると、本当にムギに食べられてしまいそうだ。

「う……ん……」

ぞくんと背筋が震えた。肌にムギの唇が触れ、舌で濡らされていく。再び唇を塞がれて、髪の生《は》え際を指で優しく梳《す》かれて……。

「ん……んーっ……もう、……もう無理！」

突然、翠はひたすらくっついて戯《たわむ》れてくるだけのムギの身体を押し返し、男前の顔をぎりっと睨《にら》んだ。

「我慢できない！　早く帰ってエッチしようよ～。もう無理です、マジで待てない。ムギってどんだけ気が長いんだよ」

ぴっちりしたウェットパンツに押さえつけられた股間《こかん》が痛い。

半泣きで訴《うった》えると、ムギは「砂浜でキスなんて機会めったにないから楽しんでるつもりだった」と鷹揚に笑った。

ボニンハウスに戻って、ふたり一緒に狭《せま》い浴室でシャワーを浴び、そこから下着一枚でムギの部屋へ直行した。

前回は翠の部屋でだったから、ここでするのははじめてだ。

「うう……どうしよう。ここ、めっちゃムギの匂いがする」

男性用化粧品の、たぶんローションの薄い香りだ。容赦《ようしゃ》ない紫外線を浴びる南の島で、男であろうとスキンケアを怠《おこた》ればのちにシミだらけになってしまう。

今、翠が腰掛けたベッドも、枕《まくら》も、空気も、部屋全体がムギのテリトリーだということを主張してくる。大きな蜘蛛《くも》の巣に迷い込んで囚《とら》われた羽虫にでもなった気分だ。

隣に並んで座ったムギは「匂い？」とちょっと心配そうなので、翠は「いい匂いだよ」と肩口に鼻を寄せた。

「だからますますやばいほんとに。すぐ出る。ぜったいに出る。瞬殺される」

「さわるなってことか？」

「ばか」

ムギの肩に手をかけてラリアットよろしく、翠は横抱きでムギをベッドに押し倒した。

「早くさわってってって言ってんの。これ以上『待て』されたら暴れるからな」

ぎゅっとしがみついていた手をムギに剝《は》がされて、今度は翠がベッドに仰向けで押さえつけられた。視覚的に強引に求められているかんじがして胸が高鳴る。

涙目を瞑《つぶ》るのと同時に濃厚なキスを受けた。そうされながらムギの手のひらと指で、身体のあちこちをまさぐられる。

「ムギっ……、っ……ん……」

舌と歯と唇をじょうずに使って胸を愛撫《あいぶ》されて、無意識にムギに腰をすりつけてしまう。

「瞬殺されたい？」

低く掠《かす》れた声で、乳首《ちくび》を食《は》みながら問われ、翠は「されたい」と上擦《うわず》った声で答えた。

わざわざ訊《き》かれたからいじわるするためのフリかと思ったけれど、それは違っていた。

ムギに下着を剝ぎ取られて、今にも弾《はじ》けそうになっているものを軽く扱《しご》かれ、いくらもしないうちに咥《くわ》えられた。熱くて濡れた粘膜に根元まで呑まれて、「あぁっ」と悲鳴みたいな声を上げてしまう。

それからムギの唇は根元から戻って雁首《かりくび》のぎりぎりのところでとまり、濡れた幹を再び深く咥え込んでいく。絶妙な加減で全体を吸われ、唾液《だえき》でぬめる刺激と相まって、翠は短く呼気を弾《はず》ませて喘《あえ》いだ。

「ム……ムギっ……き、もちいいっ……それっ、あっ、ふ、う……っ……」

ムギの頭を摑んでぐっと腰を押しつけたい衝動《しょうどう》に駆られるのを、指を震わせて耐える。その指先を、ムギが優しく握ってくれた。口内でペニスをかわいがられ、指の間をムギの指であやすように弄《いじ》られて、じわっと涙が浮かんだ。

「ムギっ……もう出そうだよ、ほんとに」

繋いでいた指を口淫《こういん》し続けているムギの頭に導かれて、摑んでいいぞ、とそこで放された。

ムギは目を閉じたり、ときどき瞼《まぶた》を上げて視線を合わせたりして、翠を高めることに懸命だ。

「……ねぇ、ムギ……腰振っていい？　ムギの口ん中に出しちゃっていい？」

ひさしぶりすぎてもうぜったいに保たない。

するとムギの頭に添えただけの翠の手を、ムギが包むようにして握った。いいよ、という許しの合図に一瞬「ほんとにいいのかな」と迷ったものの、上目《うわめ》遣いでこちらの表情を確認されていっそう強く吸い上げられたら我慢が振り切れた。

「ムギっ……！」

ムギも翠をもっと高めようと刺激してくる。自分が腰を揺らしているのか、ムギに激しく口淫されているのか区別がつかない。自分の荒い息遣いが部屋に充満していく。

「はあっ、あ、あぁっ、……んっ……！」

ムギの喉の奥に叩きつける勢いで射精して、下肢《かし》を引き攣《つ》らせながら絶頂した。快感の最高地点で精液を呑み下されて、腰のぞくぞくがとまらない。

「ああ……あ……ムギっ……」

残滓《ざんし》まで綺麗に舐め取られ、ペニスが柔らかくなったところでようやくムギの口内から解放された。吐精《とせい》した直後の敏感な性器をさんざん舐め回されて、鋭い刺激にこぼれてしまった涙を拭う。

「気持ちよかった？」

「……すごく。も……腰がぐにゃぐにゃだ……」

身を起こそうとすると、下半身に力が入らない。ムギは翠の太ももの内側にくちづけて、優しく吸いながらつけ根のところまで下りてくる。そしてムギの唇は翠の陰嚢《いんのう》に触れた。

「ん、あ……それ、やばい、またなんか……」

じいんと、腹の底が痺《しび》れる感覚がきて、今イッたばかりなのに血液と熱がじわじわと陰茎《いんけい》に集まってくる。

早かった上に、貪欲《どんよく》。ムギもそれに気付いてうっすら笑った。

「海であれだけ遊んだのに元気だな、翠」

「だぁってさぁー……しょうがないじゃん」

翠が両手で顔を覆《おお》って再びぱたりとベッドに横たわると、ムギが上に重なってきた。

表情を隠していた両手をムギに掴まれて仰向けで頭の上で留められ、真正面から目が合う。

見下ろしてくるムギの顔つきはきりりとしていて、腑抜《ふぬ》け面《づら》をさらさせられた翠は恰好《かっこう》がつかないのをあきらめて切なく微笑んだ。

「すっごいしたかったんだよ、ムギと」

するとムギもふっと頬を緩めてキスしてきた。上唇を舐められ、「俺もだ」とそっと囁かれる。ムギと、好きな人と同じ気持ちで、同じくらい欲されるのは嬉しい。

翠は目を閉じて、しばし舌を絡ませ合うのに夢中になった。

「うしろ、弄るから。イけそうだったら我慢するなよ」

「あっ、ムギは」

ムギにされるばかりで、まだ自分はムギのために動いていない。

「俺のことはいいから。おまえをイかせたい」

ムギはそんな情熱的なことを言い、最初のときも使ったボディ用の固形オイルを淡々とした動作で抽斗《ひきだし》から取り出した。

手のひらの温度でそれを溶かしつつ、「自分の脚、抱《かか》えてて」と命令される。おむつ替えを連想させる体勢だから、どこかプレイじみて感じた。

「……このポーズけっこう恥ずかしいんですけど」

「じゃあ恥ずかしがってて」

オイルの力を借りてムギの指がぬるりと入り込んでくる。小さく息を吐いて、ゆっくりと息を吸うと、それに合わせてムギの指が奥まで、深く、届く。

「あ、んぅっ……」

脚を抱えたまま横向きに寝かされ、その背後にムギが寄り添った。

首筋にムギの唇が滑り、あやされながら、指を抜き挿しされる。

目を閉じて、その動きに神経を集中させた。襞を擽《くすぐ》るように、探るように、ムギの指の腹が隅々《すみずみ》まで触れてくる。

頬をつけたベッドシーツも、傍《そば》にある枕もムギの匂い。背後は彼自身に包まれている。ムギの気配が濃いというだけで、つんとする疼《うず》きとともに鈴口《すずぐち》が濡れた。

すぐに指は二本に増え、複雑な動きが加わる。内側を捏《こ》ねられたり、ばらばらに動かされたり。ぐるんと回転して、触れていないところなどないように丁寧にほぐされる。

「痛くないか？」

翠はベッドにひたいを擦《す》りつけて首を振った。

「……きもち、よくて……」

もっとしてほしい。気持ちいいあまりにうっかり自分のものをこすりたくなるので、縛《いまし》めるために脚を抱えた腕にいっそう力を加えたほどだ。

「……拡《ひろ》げるから、力抜いてろよ」

ムギの優しい命令に翠はこくりと頷いた。

指をもう一本ねじ込まれ、束ねた三本で敏感な胡桃《くるみ》の部分をゆるゆると揉《も》まれる。ふちのところはきつく締まり、中はほころんでいくのが分かって、だんだん奥が物足りなくなってきた。

ムギの指で触れられるところぜんぶが気持ちいい。でももっと強い快感を身体は知っている。その証拠に、ムギの指を食むように纏わりつく内襞が、言葉より雄弁にもっと深いところへと誘おうとした。

「ひ……う、……っ」

「翠？」

背後から顔を覗いてくるムギのほうへ振り返って目が合うと、切なさで胸が絞られる。

「お、奥……、もっと奥をしてほしい」

言ってしまってからさすがに恥ずかしくなった。

ムギから顔を背《そむ》けるのと同時に、後孔《こうこう》の奥深くに望みどおりムギの指が押し込まれる。

「あっ……っ、んっ、ふっ」

ぐっ、ぐっ、と少し強めに抉《えぐ》られると、鳥肌が立つほどだ。

「奥の、この辺りが感じるんだったな」

「はぁっ……あっ、あぁっ、あっ、うあ、んんっ……！」

欲しかったところをピンポイントでぐにぐにと捏ねられて、腹の底から湧き上がる快感に翠は脚をばたつかせた。

「ムギっ……ムギ、そこっ……そこばっかりは、だめっ」

「だめじゃないだろ」

「だって、また……い、イきそ、になるっ、てばぁっ……」

「何度でもイかせる」

低い声を耳に吹き込まれてそこらじゅうが粟立《あわだ》ち、翠は奥歯を食いしばった。

逃げ場がなくて、たまるいっぽうの快感でつま先がまるくなる。

「ううっ……」

「イきたいか？　もう挿れてほしい？」

「んんっ……お……お願いだから、ムギの、奥までぜんぶ、挿れて。うしろでイきたいっ……」

快感に痺《しび》れて、理性が砕け、はしたなくおねだりしてしまった。

願いはすぐに叶《かな》えられ、横抱きのまま背後から熱く滾《たぎ》ったかたまりを挿入《そうにゅう》される。雁首まで収まると、あとはひと息に奥まで。

「ふ、うっ……んっ、あぁー……っ……」

指では届かないほど深いところにムギを感じる。そこから背筋をびりびりと伝ってくる快感に翠は首を竦《すく》ませた。

自分の脚を抱えていた手をムギに外されて、身体全体を包み込むように抱きしめられると、優しく抱擁《ほうよう》されていることにほっとするしきゅんとする。

挿入されたペニスが嵌《は》まるところを探して軽く身体を揺すられ、収まりのいい位置でとまった。互いが馴染むまで待つ間、うしろから優しく抱っこされる。

後孔いっぱいに詰められた感覚は少し苦しいけれど、しあわせだ。

ときどき中の具合を確かめるように腰を遣われ、接合しているところからひたいへ響く快感に翠は鼻を鳴らした。

指で乳首を弄られたり、ペニスをゆるくこすられたりしているうちに、ムギと繋がった内壁が甘く疼《うず》きだす。

「んうっ……」

「……中が少し痙攣《けいれん》してる……イイのか？」

状況を翠が言葉で伝えるより先に、中にいるムギも気付いたようだ。問いかけてくるムギの熱っぽい吐息が、うなじを擽った。

「……ン……気持ちいい……よ。……ムギは、気持ちいい？」

「ああ、すごく……いい。……動くぞ」

翠は頷いてムギに身を任せた。

浅く、深く、ムギの硬茎に突かれて、翠は傍にあった枕を胸に抱き込んでそれに縋《すが》った。

ムギのリズムで身体を揺さ振られ、着実に追い上げられていく。

「……当た、ってる？」

「あ、んぅっ……お、奥っ……まで届いてるっ……んぁ、っ……」

目を開けられないほどの刺激だ。ぎゅうっと枕に抱きつくと、うっすら嗅ぎ取ったムギの匂いで頭が酩酊《めいてい》する。

うしろがムギのペニスでみっちり充溢《じゅういつ》し、中の胡桃をきつくこすり上げられた。

「――っ！」

快感に溺《おぼ》れて息が苦しい。首を打ち振り、喉を引き攣らせて喘いでいると、むずかるような抗《あらが》いをよしよしと宥《なだ》められる。

今度はさきほどよりいくらかゆるやかに腰を遣われた。嵩高《かさだか》く硬いものを内襞《うちひだ》にこすりつけられているのをまざまざと感じる。翠は仰《の》け反《ぞ》って背筋をこわばらせた。

「う、んんっ……！　ム、ムギ……それ、……それもっ、好き……」

「……それ？」

くちゅくちゅと水音を部屋に響かせて掻き回されている。深さも腰の動かし方も強さも絶妙で、頭の芯がどろりと溶けそうなくらいに気持ちいい。

「その、動き方、んっ、あ、気持ちいっ……あぁっ、いや、やあっ……あ、好き……」

際限なく快楽を積み上げられ高められてしまう気がして怖いのに、もっとしてほしい――思考が統一されず、何を言っているのか途中から分からなくなった。自分の身体なのに、ムギに蹂躙《じゅうりん》されたらどうしようもないくらいコントロール不能になるのだ。

「翠……イったみたいに出てる」

ムギに手を導かれて自分のペニスに触れると、開いた鈴口から溢《あふ》れた淫蜜《いんみつ》がシーツにとろとろと滴《したた》り落《お》ちていた。その翠の手ごと握り込んで前を手淫されながら、うしろをムギの屹立《きつりつ》したもので力強く抽挿《ちゅうそう》され、絶頂感に臀部《でんぶ》がこわばる。

腰を抱えられて四つん這いの後背位になり、いっそう深く強く貫かれて、頭の芯までびりびりと痺れた。

「も、ムギ……だめっ、あぁっ、ほんとにイっちゃう……！」

「俺も……っ……」

「あっ、あぅ、あぁ、あっ……！」

短く何度も嬌声《きょうせい》を上げながらついに前を弾けさせ、ムギの最後の律動を受けとめる。吐き出された白濁《はくだく》で奥壁を濡らされる感覚に、翠はぞくぞくと腰を震わせた。枯渇《こかつ》していたところに染み込むその甘い蜜に酔《よ》わされて、うっとりと目を瞑る。

繋がりをとかれると、支えをなくした身体はそのままベッドに崩れた。

ゆるやかに弛緩《しかん》して冷えていく肩口に、背後からムギがキスをする。ムギの唇はそこから首筋へと這い上がり、耳の裏側を吸われた。

「ムギ……」

「……足りない」

「え？　あ……」

ムギのほうへ身体の正面を向けさせられると精液で濡れた下腹部があらわになり、そこに指先で触れられる。性的で、熱に潤《うる》んだような目をしたムギに見下ろされて、翠はどきんと胸を跳ねさせた。

「翠は、休みたい？　無理？」

「……じゃない。おれも、したいよ。おなかはすいたけど」

つけたした言葉に、ムギはくすりと笑っている。

翠はムギの首筋に両手を伸ばし、「早く」とムギの下肢に脚を巻き付けた。


翌日は朝早くから掃除に換気《かんき》に洗濯にと、そこらに残る淫猥《いんわい》な痕跡《こんせき》を消してまわった。昨日、ムギの部屋で濃密な時間を過ごしたあとに二十一時を回ってから遅い夕食をとり、再びいちゃいちゃして、そのままムギのベッドで一緒に眠ったのだ。

「なんか今日、ぴかぴかしてるね翠くん」

ボニンハウスに戻ってきた室長が開口一番にそんなことを言った。

「え？　あっ、朝から掃除をがんばっちゃって。新メンバーをお迎えするんで」

「ぴかぴかしてるのは部屋じゃなくて、翠くんだってば。ぴかぴかじゃなくてつるつる、かな」

「えっ？　え？」

「ぐっすり眠れたみたいだね」

にこにこしている室長に、翠は冷や汗をかきつつ「え？」を連発した。心も身体も満たされるエッチをしてスッキリ、なんてことが丸見えなはずはないけれど、なんだか動揺してしまう。

やがてリーダーと森も「ただいまー」と入ってきた。

「全員揃ったところで、あらためて小笠原研究所玄孫島分室の新メンバーを紹介するよ。ムギくんと翠くんははじめまして、だね」

室長に「入って」と促《うなが》されて、男性がふたり、リビングダイニングに現れた。

ひとりは黒髪でスレンダー、もうひとりは日に焼けた肌に明るい茶色の短髪だ。

ムギに続いて、翠も彼らに「はじめまして」と挨拶をした。

黒髪の彼は越谷《こしたに》で二十九歳、茶髪の彼は富和《ふわ》といい三十一歳。ふたりとも世界遺産の小笠原諸島、とくにこの玄孫島周辺海域に生息する海洋生物の調査研究のためにやってきた。ふたりペアで各地を回っているらしく、先月までは都の環境局からの依頼で南硫黄島《みなみいおうとう》周辺の調査を行っていたとのことだ。

「無人島の周辺を調査することもあるんで、寮監さんがいるような、こういうちゃんとしたところで仕事ができるのはありがたいですね」

富和がにこやかに言う横で越谷は頷いている。

指示を出したり情報分析を行う越谷は言動が控《ひか》えめで、泳ぐ・潜るなど身体を張る担当の富和はムードメーカーでもあるんだろうなという印象を翠は受けた。

富和と越谷がボニンハウスに加わってひと月経《た》った。

台風が接近しており、二十時頃から降り始めた雨は時間が経つごとに激しさを増している。強風で木々がゴウゴウと唸り、雨戸越しにバケツの水をぶちまけるようなザバンッという音もして、翠は自室のベッドの上で縮《ちぢ》こまった。ときどき部屋の電気が点滅するので、いつ停電するのか分からない不安もある。

「怖すぎ……」

そういえばこれほど海に近いところで、台風の直撃を経験したことがない。

嵐で船が出せなければ、文字どおり完全な孤島だ。

電気がとまると、この蒸し暑さの中でエアコンが使えなくなる。風呂も沸《わ》かせない。ＩＨのキッチンなので料理もできない。冷蔵庫・冷凍庫の中身は腐ってしまう。

とめどなく最悪なことばかり並べて考えていたら、ドアをノックする音が響いた。

「翠、だいじょうぶか」

ムギの声がして、翠はベッドから飛び降りてドアを開けた。

「ムギ、ボニンハウスだいじょうぶかな」

「おととしの大きな台風で貯水タンクが吹き飛ばされて、電気が丸一日復旧しなかったけど、建物自体に被害はなかった」

おととしの話とはいえ「そうなんだ……」と返す声がつい暗くなる。

「ここ、角部屋だし……俺の部屋に来るか」

「いいの？」

「ひとりだと不安だろ」

ムギの優しい申し出に甘えることにして、翠はムギとともに自室を出て隣に移動した。

ムギの部屋に入ったとたんベッドが目につき、うっと怯《ひる》む。ここでふたりきりになるのはあの夜以来。ムギは夜になると、互いの部屋に入ろうとも、入らせようともしないからだ。

急に意識してしまったせいで、閉まったドアを背に翠はしばらく動けなくなった。

「……翠？」

「あ……うん。なんか、どこにいたらいいのかなって」

「ベッドに座ればいい」

さらりと指されてどきっとしてしまう。今から何かがあるわけないけれど、翠の動揺に気付いていないのか、ムギは平然としている。

個室に恋人とふたりきり、という状況をなんとも思わないのだろうか。

どうぞと誘われてベッドに腰掛けたものの、二週間前の行為を生々《なまなま》しく思い出してしまって、翠は落ち着かない。

――ま、枕とか正視できませんし。

島には他の誰もいなかったのをいいことに、情動のまま声を上げたのは自分だけだったのだろうか。

――ムギは今、何考えてんだろ。

ちらりと目をやると、ムギは机の前の椅子に腰掛けた。机の上には専門誌や分厚い冊子がいくつか広げて置いてある。

「仕事?」

「……あぁ。世界中の学会で発表された絶滅危惧種《きぐしゅ》に関する情報、温暖化による異常気象のレポート、とか。なんでも細かにネットに上がるわけじゃないし、この島で最新の情報を網羅《もうら》するのは案外難しい。大学院や博物館にいれば手に入りやすいけどな。紙のほうが目的のものを探しやすくて読みやすいのもあって、院のチームがこういうのを送ってくれる。頭ん中をアップデートしないと置いてかれるからな」

ムギの傍に近寄って覗き込んでみたけれど、『Red List』が『絶滅危惧種』をさしているのは分かっても、見出しに躍る『IUCN・CR・EN・VU』なんてなんの略語なのかさっぱりだ。

部屋に入れてもらったもののとくに相手をしてもらえることはなく、なんだか邪魔しちゃいけないのは伝わってきた。

「ベッドでゲームしてまーす……」

玄孫島ではゲーム機としてしか機能していないスマホをポケットから取り出し、ムギのほうに背中を向けてベッドに寝転がった。

——一緒にいるのに寂しいな。仕事だから仕方ないけど。

ムギとの間に温度差を感じずにはいられない。

——でも台風で危ないからって、こうしておれを気遣ってくれたりはする。

もやっとするけど騒ぐほどのことじゃない、というのがいちばん厄介《やっかい》だ。こういうのを放っておいてもやもやが積み重なると、気付いたときには距離ができていたりする。

「ムギ……仕事終わったら声かけてね。待ってる」

背を向けたまま告げると、ややあってから「あぁ」と声が返ってきた。

寂しいなら寂しいと伝えなきゃいけないし、抱き合うだけでかたちのない不安が消えるなら、この微妙な距離も何もかも飛び越えて、気持ちが落ち着くまでただ抱きしめてもらったほうがいい。何も動かないで寄り添わないのはナシだ。

一時間も経たないうちに、ムギが椅子を引く音がして、振り向くと「んぅ……」と背伸びをしていた。

「終わった?」

「……ああ、終わった」

ムギがそう言った瞬間、電気がちかちかちかちかと瞬いてとうとう、ぷつん、と消えてしまった。

「停電！」

「………点《っ》かないな。翠、ベッドから動くなよ」

ちょうど手からスマホを放してしまったのもあり、急に辺りが真っ暗になったから、言われなくても動けない。

「海底ケーブルからの電力供給は断続的に途切れることもあるけど、予備ケーブルがあるからそっちもやられないかぎりだいじょうぶだ」

ムギの声がすぐ近くで聞こえる、と思ったら腕を摑まれた。翠もムギがいるはずのほうへ指先を伸ばす。手を繋ぐのと同時に、ムギが翠のすぐ傍に寄りそうようにして座ってくれた。

間近にムギの体温を感じるだけで、ほっと安らいで——いる場合じゃない。

「ムギ……ちょっと話していい？」

手を繋いだまま話そうよ、とムギの指に指を絡める。

翠の切り出し方が唐突だったために一瞬の間があったものの、ムギは「ああ」と答えてくれた。

思い立ったら即行動。その日のもやもやはその日のうちに、の心構えでいたいのだ。

「えーと……おれ、ちょっと不安になってて」

「不安？」

「おれ……ムギとここで再会できたこと、ほんとに大事にしたいと思ってるからね」

停電のせいでお互いの表情が見えない。でも、これから翠がふたりのことについてまじめに話そうとしているのが伝わったのか、ムギも応えるように指先に力を込めてくれた。

「ムギはちゃんと好きって言ってくれたし、エッチもしたし、そのときはもう……世界中で今おれがいちばんしあわせだって叫べちゃうくらいなんだけど……」

不安に感じるのは、どうしてあんまり部屋に入れてくれないんだろうとか、おれはもっとくっついていたいのにムギはそれほどでもないのかなとか、ふたりの間に温度差がある気がしてしまうときだ。

一度知った最上級の幸福感を求めて欲張りになっているだけかもしれない。心に燻《くすぶ》っているのは、漠然としたモヤのようなものだ。それを言葉にしてしまうとすごく子どもっぽかったりみっともなかったり、それくらい笑ってすませと呆《あき》れられそうだから翠も言えなかった。

「お互いの部屋をあんまり行き来しないし、そこでキスしたとしても、軽〜く触れるだけだし……」

「……え?」

「なのに、外の倉庫ではえろーいちゅうしてくるから、ムギの基準がよく分かんなくてさ。二週間前にこの部屋ですっごいエッチしたかと思えば、今日はもう、まるでここではなんもなかったってかんじで、しれっとしてる」

「ちょ、ちょっと待て。つまり……俺が翠のことをちゃんと想ってるか、不安に感じてる……

と？」

察しのいいムギに問われて、翠はもぞもぞと頷いた。

「想ってくれてるっていうのは分かってるつもりなんだけど、自信がなくなるというか……。知らない間におれがなんかやらかしてるとか、ありそうだなって」

ムギに大きなため息をつかれ、あぁすみませんっ、と恐れる思いに胃が痛む。

「考えすぎだ。そんなものない」

「え、あ、ないの？」

少し安心した様子の翠を見て、ムギはぽりぽりと蟀谷《こめかみ》の辺りを掻《か》き、困り顔で口を開いた。

「だから、それは……俺が我慢できなくなるからだ。キスすれば、その先を。……周囲の状況とか環境とか無視して、したくなる」

「し……」

ムギの口から、したくなる、という直截《ちょくせつ》な言葉が出てきたのと、ぶっきらぼうな言い方にどきっとした。

「下の倉庫だと、それ以上になりようがないっていう安心感からつい……いつもより大胆《だいたん》なことをしてしまう」

菊池さんの干し草や工具などを保管している倉庫の中は、熱中症の危険を感じるほどのサウナ状態だ。たしかにキスだけで限界、すぐに外へ飛び出したくなる。

「もし倉庫の近くとかボニンハウスの中に他の誰かがいるとかだったら、あんなふうにはしない」

ようするに、あそこなら頭と身体にブレーキをかけられるから、ということらしい。

これまでもふたりきりになれる場所をムギと真剣に探したことがある。

例えば、ボートでは一度試そうとしたけど、元来船酔いしやすい翠には無理だった。いくら米粒程度にしか映らないとはいえ、船着き場には防犯カメラが設置されているし、砂地でセックスなんて正気の沙汰《さた》じゃない。だからといってテントなど立てた日には、目立ってしょうがないし一発でバレる……との結論に至った。

エッチの場所を探して島内をさまよったと聞けば滑稽《こっけい》な話でしかないだろうけれど、恋人同士にとっては大事な問題だ。

「なんだ……。ムギって、じつはおれのこと、超好きなんじゃない？」

「……何をいまさら……」

分かりきったことを、とでも言いたげで、それが嬉しくてにやにやしてしまった。

「そっか。歯ぁ食いしばって性欲と闘《たたか》ってたわけね。ムギってそういうのぜんぜん顔にも言葉にも出さないから、ほんっと分かりにくっ！」

軽口を叩きながらも、愛しさ余って翠はぎゅっとムギに抱きついた。

背中に回した両腕に力を込める。ムギは「ちょ……、おい」と非難めいた声をあげてはいるが、翠を無理に引き剝がそうとはしない。

「おれ、もっと自信持とう。愛され慣れてないから、ちっともいいように考えきれなくて、おまけににぶいんだもんな。なーんだ、もう。寂しがって損したぁ」

明るく言いつつ、胸がきゅうきゅうと切なく軋《きし》んだ。自分が思っているより自分の心は、本当に寂しかったらしい。

「寂しがらせてたのか、俺は」

「寂しかったよ。さっきだって仕事してるの分かってても、おんなじ部屋にいるのに、なんか……なんとも言えない距離、感じてたからさ」

「それは悪かった」

謝り方が武士みたいにきりりとしているのがおかしくて笑ってしまう。

翠の想いが通じたのか、ムギも翠の身体を優しく抱きしめてくれた。

たったこれだけでほっとする。ムギの肩口に翠が顔を埋《うず》めると、両手でしっかりと受けとめるようにされた。

「……ムギ。ね、キスしよ」

暗闇《くらやみ》の中、ムギの首筋に腕を回し、鼻や頬や唇をムギの顔に寄せて探る。

「……翠……でも」

「停電だし、誰か来てもおれたちが何してるかなんて見えないと思うよ」

ひそひそと囁いて、ムギの口の端に唇で触れた。ムギは頬を硬くしたまま頑《かたく》なだから翠もますますむきになる。

首を伸ばしてキスを深くするために唇を押しつけると、やっとムギも応えてくれた。

粘膜が触れ合うくちづけ。外はあいかわらずごうごうと雨風がうねるような音を響かせている。真っ暗闇の中では、互いの存在がすべてだ。

ムギの舌に頬の内側や歯茎をぞろりと撫でられ、舌下を擽られる。

「んぅ……」

ベッドの上で抱き合って深く舌を絡め合うキスをしていると、ムギの懸念《けねん》のとおり、ふたり以外のあれもこれもが、だんだんどうでもいいもののように思えてきた。

ムギの手が翠の腰や背中を遠慮がちに這い、それだけで身を捩《よじ》りたくなるし、息が荒くなる。

「……ムギっ……」

ほとんど無意識に、ムギの股間《こかん》に手を押しあててしまった。

「す、いっ……」

「……ムギ、おれのさわって」

「でも、……」

ムギだって硬くしているくせになけなしの理性でとめられて、威嚇《いかく》するように唸《うな》る。

「さわり合いっこ、するだけだってば」

「……だけ、って……そういうっ……」

翠の頭の中はもう、挿《い》れなきゃいいはず、という勝手なルールに上書きされている。

ムギの熱を直接感じたくなり、ムギの部屋着のゆるいウエストに指をかけたときだった。

どこからか「翠くーん」と名前を呼ぶ声がして、ふたりしてぱっと身を引き剝がす。

どきどきどきと動悸している胸を押さえ、息を潜めて耳をこらすと、再び翠を呼ぶ声が廊下のほうから響いてきた。

「……富和さん、が……呼んでる」

「隣だ」

富和が翠の部屋を覗いたようで「翠くん、いないの?」と聞こえる。

「やばばばっ……」

真っ暗な中でどこがどうなっているのか、互いがどこにいるのか分からない状態で慌てていたら、今ふたりがいる部屋のドアがノックされた。

「ムギくん、起きてる?　翠くんが部屋にいないんだけど。ここ開けていい?」

服を脱いでなくてよかった、と冷や汗をかきつつも、翠は「おれもここにいます」と返事もできずに息を呑み込んでしまった。

ムギが外に向かって「起きてます」と答えると、「ペンライト持ってるから照らすよ」と富和の声が返ってくる。暗い中、けっきょく翠はベッドの上から動けないままだ。

ドアが開くのと同時に光がひとすじ、部屋の中にさしこんだ。富和が向けたペンライトに照らされて、眩《まぶ》しさでムギは顔を背け、翠は一瞬目をぎゅっと瞑った。

「あれっ、翠くんもここにいたんだ？」

「隣は角部屋で危ないから、俺の部屋に呼んだんです」

よどみなく説明するムギに富和は「あ、そう」と答えて、とくに不審がったりはしていないようだ。

「停電からなかなか復旧しないけどだいじょうぶかなーって思っ……」

富和が話している途中で、ぱっと部屋の電気が点いた。ペンライトの明かりより数倍眩しくて、翠は再び目を瞬かせる。

富和とムギは「点いたね」「点きましたね」と言葉を交わした。

「怪我とかしてない？」

「こっちはだいじょうぶですよ。富和さん……越谷さんは？」

「部屋覗いたら、あいつは寝てた。足の速い台風みたいだし、あと一、二時間もすれば雨風は治まるかな。んじゃ、戻るわ」

そう言って富和がムギの部屋を出て行ったあと、ふたりで顔を見合わせて、ふぅうと息をついた。

しかしあぶなかった。ここでの生活が続くかぎり鉄壁の理性で耐えなければ、職場恋愛のせいで周囲の空気を気まずくしかねない。

「おれも、自分の部屋に戻ろうかな。ここにいると悪さしちゃいそうになるから」

翠が苦笑いしながら言うと、ムギも困ったように笑って頷いた。


台風が去ったあと玄孫島とその周辺に大きな被害はなかったものの、すぐにまた新たな台風が発生した。ボートが出せるうちに日持ちする食べ物を仕入れる必要があったりと、しばらくは忙しい日々が続いた。

八月も残すところあと一週間という頃、ムギが都心へ赴《おもむ》いた。こっちに戻るのは九月頭だ。今度は何かの仇討《かたきう》ちではなく「仕事で」と玄孫島を出る前に話していたけれど、なんとなく浮かない顔つきだったのが翠は気にかかっている。

「あーあ……」

もしゃもしゃと草を食む菊池さんを眺めながら、翠は屈んだ格好で思わずため息をついてしまった。

「菊池さんは、ぼっちで寂しくない？　おれは恋人が傍にいてもほとんど触れることもできないで、いたずらに性欲だけ刺激される日々なんですよ。そりゃあ好きな人の傍に二十四時間いられるのは嬉しいけどね、楽しいけどさぁ……」

つきあい始めの恋人と四六時中一緒です、なんて羨《うらや》ましい環境かもしれないが。

ムギの顔も身体も、翠の好みすぎるのがいけない。それに加えおそらく、翠を夢中にさせる特殊なフェロモンが全身から放出されているに違いないのだ。

台風襲来の停電にかこつけてムギの部屋でちょっぴりいちゃついたのが、欲求不満に拍車をかけたようだった。空腹時につまみ食いするとよけいに食欲が増す、に似た現象かもしれない。

ある時は、翠は自室のドアノブをじっと見つめて、鍵をかけられないならバリケード的なもの（椅子とドアノブを紐《ひも》で括《くく》って固定する、ドアに板をクギで打ち付けるなど）を築けば、他の所員に覗かれてしまう危険は回避できるんじゃないか……などと真剣に考える始末だった。

もともと性欲は薄いほうかナ、なんて自分では思っていたが、一度扉が開いたらとんでもなかった。『オナニーのしすぎで男性ホルモンが増えるために禿《は》げる説』が万が一にも本当なら、そろそろどこかが禿げてきているかもしれない。

「傍にいながら生殺《なまごろ》し状態で我慢するのもつらいけど、今ムギは本土にいて、九日間も会えないんだ」

ムギの姿を見られないのは寂しい。声も聞けない。メールも届かない。いや、もろもろ違反すれば可能ではあるが。

「ムギは捨てアド取って佐々木とメールのやり取りしてたんだから、できないことはないよな……研究室のパソコン使わなきゃ無理だけど。固定電話も履歴《りれき》取られて八方ふさがりかよ」

翠は研究所所属の人間ではないし、研究室のパソコンを自由に使う権限がない。そういう不便さも承知の上で引き受けた仕事であり、半年の期限で高収入が約束されているのだ。

買い出しの際に父島から電話をかけるのはアリでも、食料と生活必需品《ひつじゅひん》を確保することが何より重要で、翠の大事な仕事のひとつだ。仕入れる品は事前に発注できるものばかりでなく一部は争奪戦になったりもするし、生鮮《せいせん》食品を持ち帰るために滞在時間は短い。それに仕入れ日は平日だからムギは仕事中だ。恋人とイチャ電などしている暇《ひま》はない。

つらつら考え込んでいると、屈んでいる翠の膝頭に、菊池さんが小さな頭をすりつけてきた。まるで慰《なぐさ》めるような菊池さんの行動で、翠の心にぽわっとあたたかいものが広がる。勝手に励《はげ》まされた気分になり、翠は菊池さんの首をなでなでして微笑んだ。

「菊池さん優しいねぇ。うん、がんばるよ。ここでの生活もたぶんあと二ヵ月ちょっとだしね。おれさ、玄孫島での仕事が終わったら父島で部屋を借りて、どうにか料理関係の職を見つけられたらなって考えてるんだ。無理ならひとまず他の働き口探してでも。少しでもムギの近くにいたいから」

都心の大学院と博物館に籍を置くムギが、いつまで玄孫島での仕事を続けるのか分からない。けれど翠が本土へ帰ってしまえば、ムギと超超超遠距離恋愛になってしまう。片道二十四時間、日本からヨーロッパへの飛行時間のおおよそ二倍だ。

それに夏場の繁忙期《はんぼうき》ですらおがさわら丸は三日に一度の出港なのに、冬になればもっと便数が減る。もちろん玄孫島に近い父島にいても頻繁《ひんぱん》に会えるわけではないが、それでも都心に戻るよりは会えるチャンスははるかに多い。

「父島での職探し、今のうちから根回ししておいたほうがいいよな。頃合い見て室長に相談してみよう」

菊池さんはうんともすんとも言わないけれど、そら豆みたいな目が笑って見えたから、「イイネ」と言われたようでなんとなくほっとする。

「ただいまー」

声が聞こえて振り向くと、富和と越谷が海から戻ったところだった。ふたりともウェットスーツだけど、頭から濡れているのは富和だけだ。今日は水深が十から二十メートルほどのところに潜《もぐ》ると言っていた。

「富和さん。屋上の天体望遠鏡、手入れしておきましたよ」

「お！　じゃあ夜に天体観測できるかな。楽しみ」

にんまりしている富和の隣で越谷は「俺は興味ないからパス～」と手を振って、ボニンハウスへ入って行った。

きのうの夕飯のときに、父島の国立天文台で行われている星空観測会の話になり、ここの屋上でも見れますよと、翠が提案したのだ。父島の望遠鏡とは比較にもならないが、ボニンハウスには小さいながら観測用のパーソナルドームがある。

夕飯をすませ、翠は富和とともに屋上へ上がった。

八月下旬、日中と夜で気温差は二、三度ほどだ。陽が落ちて数時間経ってもまだ暑いと感じていたけれど、屋上へ上がってみれば今日はいくぶんか涼しい気がした。

「天体望遠鏡は準備できてますから、覗いてみてください」

ドームといっても高さ二メートルほど、人ひとりしか入れない大きさだ。

まず富和がドームの中に入り、しばらくは「おおっ。すげー」と感動の声を上げていた。

入れ替わりで望遠鏡の前の椅子に腰掛けて、接眼レンズを覗く。

赤道儀式《せきどうぎしき》の天体望遠鏡では月や天の川、星団、星雲が見られる。天体の写真を撮る目的もあるので、直焦点撮影用のデジタルカメラを持ってきた。深夜になれば火星とアンタレスが最接近するので、それをブログに載せたい。

「翠くん、写真もやれるんだ？」

「ここに来てから見よう見まねですよ。ムギ…さんに教えてもらったＩＳＯ値と露出《ろしゅつ》時間なんかをまんま設定して撮るだけです。最近のカメラは性能がいいんで、おれでもブログに載せられる写真が撮れちゃいます」

「ムギくんはいろいろ詳《くわ》しいよね。順応性高そうだし、どこででも生きていけそうなタイプ」

本人がいないところでムギの話になって、それだけでもどきどきしてしまう。

「あ、ねぇねぇ、翠くん知ってる？　ムギくん、本土に戻るんだってね」

カメラのレンズを覗いているときに突然、後頭部に何かがぶち当たったようだ。

富和のそれほど長くない言葉の内容を理解するのに時間がかかった。

「本土……？」

今、ムギは本土にいる。そのことじゃないのだろうか？

「博物館のほうが、前々から呼び戻したがってたとかで」

頭が拒絶したように固まって、「戻る」の意味をまったく受け付けきれない。

「九月に入ったらすぐ、ってさっき室長がリーダーと話してるの聞いちゃった」

「九月、って……来週……」

「その話するために、今本土に行ってるらしいよ」

「…………」

オウム返ししていただけの翠は、ついに言葉を失った。


ムギが本土に戻るなんて話は寝耳に水だ。翠のほうが先にここでの仕事が終わるはずで、そのときはどうしよう、ということしか考えていなかった。

屋上での天体観測から戻り、みんなの最後に風呂に入って掃除をしたあと、翠はまっくらな自室のベッドに首にタオルを巻いたままうつぶせで倒れ込んだ。

胸が押され、大きなため息が出る。

富和の話では、博物館の学芸課長の男性が体調面の事情で退職することになり、十月の人事異動で発表されるとのことだ。慌ただしく本土復帰が決定したのも納得できる。

学芸員であるムギをあちらが呼び戻したがっていたらしく、打診はもう少し前にあったはずだから、翠には言いづらかったのかもしれない。

翠が妙に落ち込んでいるのは、それを富和から聞いたから、というより、ムギから直接聞けなかったからだ。些細なことといえばそれまでだけど、ふたりにとっては大事な話だと思う。

——遠距離恋愛を一度失敗してるから。

来月すぐ、ならば、次に会うのがここでは最後の時間になるかもしれない。

また会えなくなるのを考えると暗い気持ちになってしまうけれど、翠は心の中で、だいじょうぶと何度も唱《とな》えた。声にも出してみる。

「……だいじょうぶ」

あの頃はムギも翠も高校一年生と中学二年生で、まだ子どもだった。

もう翠の性指向を咎《とが》める大人は近くにいないし、誰も翠を寺に閉じ込めたりしない。もしもそういうことになっても闇雲に逃げ出さずに、どうすればまっとうに生きていけるか、今は正しい知識を持っている。あの頃とは違い、困っていたらすぐに助けてくれる理解者だって翠の周りにいる。だから何も怖くないし、今度はだいじょうぶ。

翠の契約は残り二ヵ月。延長の話を聞かない代わりに、予定どおりに終わるという話も出ていない。翠が寮監として玄孫島で働くのはいちおう十月までのはずだ。

突然ムギの本土復帰話を聞いたからすごく驚いたけれど、冷静にならなければ。

そう思うものの、はっきりとかたちのない不安という濃霧が、閉じていた目を開けてもそこにあるような気がしていた。


ムギが戻ってくる九月二日の朝食時に、室長からムギの本土復帰決定の話があり、次のおが丸が出港するタイミングで玄孫島を去る、と伝えられた。

ムギが玄孫島に戻ったのは、室長とともに父島の本部に寄ったりしたあとの十六時過ぎ。そのとき、海からまだ帰っていない富和と越谷以外のボニンハウスのメンバーが揃っていた。

ムギは事情を知ったみんなに労《ねぎら》いの言葉をかけられ、肩をたたかれたりしている。翠はその様子をいちばん端のほうで見守った。

「急にばたばたして……いろいろとすみません」

「仕方ないよ。前任の方がご病気ってことだし。ぼくらは寂しくなるけどね」

頭を下げるムギに室長がにこやかに声をかけている。

「主任学芸員になるんだってね。おめでとう」

リーダーからはそう祝福され、ムギは「ありがとうございます」と応えた。

「でも、現場でのこういう調査みたいな機会は今後減るのかなって……そこがちょっと寂しいですね」

「講演やら講座を頼まれたりとか？」

森からの問いに、ムギは控《ひか》えめに頷く。

「これからはそういう活動がメインで、あとは博物館での仕事もいろいろとあるみたいです」

「そっかー。子どもたちや学生らに、いろいろ教える立場っていうのも、これまでとは違う世界が拓《ひら》けるだろうな」

「そうなれるまでにもっと現場で勉強して、リアルな知識を身につけてからだと思ってたので、それはずっと先の目標にしてました」

翠は端のほうでみんなの会話を聞きながら、あぁムギがいなくなるのは本当なんだ、と実感していた。

ムギがここに戻る前に報《しら》されたのに、心のどこかで「やっぱり残るよ」と言われることを少しだけ期待していたし、切なすぎて胸が痛い。

——でも離れるのはたった二ヵ月。ここでの仕事が終わったら、自分も本土へ帰ればいい。

その間はきっととてもつらいだろう。たった十日ほどでも、これだけ寂しかったのだから。

「で、こんな話のあとに言うのもあれなんだけど……翠くん」

「はい」

室長に急に名前を呼ばれて、壁際にいた翠は目を瞬かせた。みんなと離れたところへ誘《いざな》われたので、何事かと思いながら室長の言葉に耳を傾けた。

「翠くんの雇用期間、半年の予定だったけど延長できないかって、今日本部に顔出したときに所長に言われてね」

「延長……？」

「小松《こまつ》さんの娘さんね、妊娠《にんしん》されたらしくて」

「……妊娠？　え？　四ヵ月前に出産されたんですよね？」

言われている意味が分からなくて聞き返してしまう。

「うん、四ヵ月経って、第二子を妊娠されたそうだよ。まだ四週目になるかならないかくらいらしい。そういうことってあるんだねぇ」

茫然《ぼうぜん》としてしまい、何も言葉が出てこない。翠はしばらく経ってからはっとした。

「……延長ってどれくらい……ですか？」

「年子になるし、もしかすると一年……もう少し長くなるかもしれないから小松さんは『後任を探すにしても延長してもらうにしても本当に申し訳ない』って言ってて。延長期間については未定の段階ですが、翠くんはどうかな。翠くんのごはんも、デザートも大好きなぼくとしては、ここに残ってくれると嬉しいしありがたいです」

妊娠も出産も本当に素晴らしいことだけど、「じゃあおれがここでもう一年くらいがんばります！」と即答できない話だ。

するとと室長が「もともと半年って約束だったら、いきなり訊かれてもびっくりするよね」とにっこり笑う。

「もちろん別の人を探す方向でも動いてもらうつもりだから、来てくれる人が見つかるまで、ってことでもいい」

室長の顔を見たとき、離れたところにいるムギの表情も翠の視界に入った。室長と一緒に本部へ寄ったはずだから、そのときにムギは話をひととおり聞いたかもしれない。

「時間はまだあるし、ゆっくり考えてみて。それによっては、ぼくから所長にサラリーの件も含めて、掛け合ってあげるつもりでいるから」

お金の問題じゃないけれど、室長としてのけじめのつけ方だというのは理解できる。でも翠は、具体的な言葉を発することができず、ただ「時間、ください」と言うので精いっぱいだった。

週明け月曜日のおが丸に乗って、ムギは本土へ帰ってしまう。

土曜と日曜でムギは仕事を片付け、荷造りをしなければならない。

——嘘みたい……。

なんだかまだ奇妙な夢を見ているような気がして現実を受け入れきれないのは、自分がそのあともしかすると一年以上、ここに残ることになるかもしれないからだ。

次の仕事が決まっているわけではないにしても、無理だと思うなら断ればいい、というのは分かる。だけど、翠の後任が見つからなかったらボニンハウスのみんなが困るはずで、そうなれば小松さんが気を遣うかもしれない。妊娠も出産もしあわせなことなのだし、水を差したくない気持ちもある。

ムギが本土へ復帰すると聞いたとき、あと二ヵ月だけここでがんばればいいんだ、と思って、そこが翠にとっての救いだった。それがもしかすると一年か、もう少し長くなるかもしれない。そうなった場合、二ヵ月が三ヵ月、四ヵ月に延長されるのとは訳が違う。

玄孫島がもっと普通の環境なら一年くらい我慢しようと思えたのに、がんばるより先に自分の心が折れてしまいそうだ。

だけど男だし、仕事だし、と考えれば、海外へ単身で赴任《ふにん》しているお父さんなんて世界中にたくさんいる。商社マンだったら、これを足がかりに出世だと、野心を燃やすだろう。

それに、おいしいと言ってごはんやスイーツを食べてくれるみんなの笑顔が瞼の裏にちらつく。「俺のエサ係」と飛んでくる菊池さんの姿も。

べつに一年以上、ムギとまったく会えなくなるわけじゃないはずだ。何ヵ月かに一度くらいは、ムギが父島へ遊びか仕事かで来てくれるかもしれない。

「……ううう……」

今度こそもう二度と、ムギと離れないと決めた。決めたのにうまくいかない。神様のいじわるなのか、これがムギと翠に与えられた運命なのか、それとも、この程度で揺らぐ気持ちかどうかを試されているんだろうか。

鬱々《うつうつ》と考えていたらドアをノックする音がして、翠は顔を上げた。「入っていいか」と問うムギの声だけで、翠は泣きたくなるくらいに切なくなる。

ぐっとこらえて身を起こし「いいよ」と返すと、ムギが翠の部屋に入ってきた。

ムギは何から話していいか分からない様子で、翠が座るベッドの前に沈黙したまま立っている。

翠が自分の隣の辺りの上掛けをぽんぽんとたたいて示すと、ムギはようやくそこに腰掛けた。しばらく言葉はなく、やがてムギは小さく息をついた。

「本土復帰の件を翠に先に話せなくて、ごめん。ここを出る前は、まだ本決まりじゃなかったのと……あと、やっぱり、言えなかった」

ムギなりにいろいろ考えたのだろう。今までのこと、これからのこと、ふたりの過去のことも。翠が思いを巡らせたのと同じように。だから翠は謝らなくていいよと首を振った。

「おれは最初の一報は、富和さんから聞いた。それはちょっと……なんでって思った」

「また離れることになるって、俺の口から話したくなくて……。その瞬間の翠の表情を見るのがつらくて」

「それ富和さんが見ちゃったんだけど、いいのかよ」

「それはそれでいやだな」

「勝手ー」

「ごめん」

ムギは翠と目が合うと、もう一度「ごめん」と繰り返した。

「うん。もう謝んないで。仕事なんだし。昇格するんだし」

「ああ」

ムギは少しはにかんで、視線が深く絡みあった刹那、翠の身体を引き寄せて抱きしめた。

翠のほうもムギの胸にぎゅうぎゅうと顔を押しつける。

「俺の本土復帰の話を聞いたとき、ひとりで、いろいろ考えたんだろう？　まさか翠のほうに延長の話が出るなんて……。その件は、俺も今日父島の本部で聞いて驚いた」

「おれ、ずるいこと考えたから……」

「ずるいこと？」

ムギの本土復帰の話を聞く前は、自分の契約終了後に父島に残って仕事を探そうと密《ひそ》かに考えていたのに、ムギが小笠原を去ると分かった途端、残り二ヵ月を耐えて本土に戻ればいいと思ったこと——翠がそれを正直に打ち明けると、ムギは少し笑ったようだった。

「それはずるいのかな。ここにいる人たちへの恩義だけで続けられるものじゃないんだ。延長の件は研究所都合の話であって、当初交わしたとおりに半年で契約終了の選択をするのは翠の当然の権利だし、その後翠がどこでどういう理由で仕事をしようが、第三者にとやかく言われることじゃない」

「……そう？」

「どこへ行ってもできる職を手につけて、その技能を磨《みが》いてきた翠の自由だ」

ムギの言うことはとても理解できるし正論だけど、胸の奥がすっきりしない。

「おれが延長を断ったら、次の人をまた探さなきゃならないんだよね？」

「そうなるだろうな」

「……でもすぐに見つかるかは、分からないよなぁ……」

誰だって、勤め先を選ぶときは、条件とサラリーと今後の生活を天秤《てんびん》にかける。給料に見合った仕事内容か、やりがいがあるか、技能を活かせるか、いろんなことを加味したりまたは割り切ったりして決めるものだろう。

半年で二百万円というのは魅力的だが、普通に本土で働くほうがいいと考える人のほうが多いかもしれない。

「見つからなかったら、ここのみんなが困るし、前任の小松さんも気にするかもしれない。おれは次の仕事が決まってるわけじゃないし、……」

本土に戻りたいのはひとえに、ムギと一緒にいたいからだ。

室長から延長の話を聞いたとき、どうしたほうがいいか考える中で、翠自身なんとなく自分が出す結論が分かっていた。それでも正直なところ、ここに残るか断って帰るかで揺れる気持ちはあったし、ぐらぐらしたままでは即決できなかったのだ。

翠は頬をくっつけていたムギの胸元からばっと顔を離した。そしてムギを見上げる。信じる心と、勇気と力をもらうために。

「ムギ……おれのこと好き?」

突然の主旨《しゅし》がズレた質問に、ムギが目を大きくしている。

「ああ……そりゃ、もちろん」

「もちろん、じゃなくて、好きかって訊いてんだよ」

ムギはためらったあと、照れくさそうに薄く微笑んだ。

「……好きだ」

「おれはムギのこと、世界一好きだよ。昔も今も。こんなに人を好きになったの、ムギだけだ」

中一だった頃の自分がムギに向けてぶつけた愛の言葉の重さは、今も変わらない。

ムギはとても穏やかに優しく翠に笑いかけてくる。

「俺も、翠だけだ。翠と一緒にできることはぜんぶしたい。俺が翠にあげられるものはぜんぶあげたい。分け合えるものはぜんぶ半分にして、翠と共有して楽しみたい。苦しいことがあるなら、俺がどうにかしてやる」

好きという言葉以外でおしえてくれるムギの想いに、じわりとくる。

ひとつでもあきらめたり妥協《だきょう》したりしたらそれを言い訳にしたくなるから、欲しいものはぜんぶ取りに行くのだと、ムギは以前話してくれた。

出会った頃にはなかった強さが、ムギにも、そして翠にだってある。自分たちはもう子どもじゃない。

「おれの彼氏かっこいいなぁ」

思わずうっとりする。このままとろとろになるまで抱いてほしいな、と思う。身体的には。

「そういう彼氏のうしろからついていくかわいこちゃんでもいいんだろうけどさ……。おれはムギの横に並んでも、恥ずかしくない自分でいたいんだよね。まぁ、そりゃあ、学歴も地位も年収もだいぶ差があるけど、人としては対等でいたい。ムギがかっこいいから、そう思うんだよ」

「翠……」

「──一年くらい、だろ」

ムギと話をしながら翠が心を決めようとしていたことをもうなんとなく察していたのか、ムギは驚いた顔はしなかった。

「いい人になりたいわけじゃなくて、おれじゃなきゃだめとかも思ってない。おれの代わりは探せばどこかにいるだろうけど、でも代打が見つかるまで、ここにいない小松さんも、小松さんの娘さんも、みんなが不安になる。妊娠も出産も、申し訳ないって気持ちで迎えるものじゃないよ」

「それに……室長に『残ってほしい』って言われたの、嬉しかったんだな」

翠は素直に「うん」と頷いた。必要とされることで自分の存在価値を認められた気がするなんて単純すぎるかもしれないけれど、人生でそう何度もあんなふうに言ってもらうことなんてないと思うのだ。それも、自分の生業《なりわい》で。

「ムギが本土に帰ったあとも、必要としてもらえるかぎり、おれはここでがんばるよ。最愛の人と離れるのは寂しいけど、ムギがときどき父島に遊びに来てくれたらいい」

にこやかにそう告げる翠に、ムギは「もちろんだ」と頷いた。

「でも、その際には観光客ってことでホテルの部屋取ってください。もう、人にどう見られようと知るかよ。腰が抜けるくらい、ちんこ痛くなるくらい、ヤリ溜めする。あと、動画撮る」

「動画っ？」

「ハメられ撮りする。おれとしては自分の顔が映《うつ》ってるのじゃなくて、最中のムギの動画が欲しいので」

翠の突拍子もない案に、ムギは腹を押さえて顰めっ面で笑い出した。

「ハメられ撮りって……どういう発想だ」

「遠距離カップルに必須の電話エッチも、ネットでチャットエッチもできないし、リアルタイム・オンエアーが無理なら、自家発電用のものを自作するしかないだろ。距離は遠く離れてても、いつも心は傍にいたいんだよ。分かれよ」

ぽとんと落ちるみたいに、ムギの肩口にひたいをのせる。「好きなんだよ」とつぶやくと、ムギは翠の頭をよしよしと撫でてくれた。

「ところで、ハメられ撮りってどうやるんだ?」

「そこっ?」

顔を上げて向き合うとムギは真剣なまなざしで、翠はぶぶっと噴いた。

「だって無理じゃないか?　翠がそれどころじゃなくなるという意味で」

「そりゃあ……あれだよ、自撮り棒的な。ムギの指摘のとおり最中のおれはそれどころじゃないから、自撮り棒をムギ自身で持って撮る」

「自撮り棒で俺が俺を撮るなんて、そんな無茶な」

「え〜っと、腰振りながら、自撮り棒をこう持って、こう?」

枕を置いて見立てた翠のデモンストレーションに、ムギもたまらず笑っている。

「脳のはたらきを並行分散処理させることが可能な、器用な人間じゃなきゃ無理だ。セックスの最中の俺だって、翠をよくさせたいのと、自分自身の性感で頭が泥酔《でいすい》している状態だからな」

講義よろしく整然と説明されて、翠も負けじと「定点カメラ二台くらい用意するからいい」

とまったく引かない意見を出した。

「……え……」

ムギが心から引いている。

「おれとのセックスに夢中なムギは、動画撮影されてるなんて気にならないんだろうからな」

顔中に「いやだ」と書いてあるムギに、翠は両手を伸ばして飛びつくようにして抱きついた。実際、翠の勢いに押され、翠を抱きとめた格好でムギがベッドに倒れ込む。

「嘘だよ。動画なんて撮ったりしないよ。エッチのときは、おれだってムギを気持ちよくしてあげたいし、ムギはおれのことだけで頭いっぱいにしてて」

押し倒したムギに、そっと唇を重ねる。にまっと笑うと、ムギも目尻を下げて甘く微笑んだ。

「好きー……ムギ、大好き。好きだよほんとに」

「……俺も、好きだ」

ムギが髪を梳いてくれる。その手のひらにもくちづける。

そのまますうっと鼻から息を吸うと、頭の中までムギの匂いが染み入るようで、腹の底が熱くなった。

「〜〜〜あーくっそ、今すぐムギとエッチしたいよー」

翠が奥歯を食いしばってムギの耳元に顔を埋めて唸ると、ムギも「同感だ」と答えた。

「どっかないの？　できるところマジでないの？」

「ひとけのない海の、アンカー下ろしたボートの中で。翠が船酔いしなければ」

「無理だもんー、体質だもんー。あー、でも、ぐらぐら揺れてんのがボートなのかムギに揺さ振られてる自分なのか分かんなくなれば、いいかもしんないね」

「最中に嘔吐《おうと》はされたくないな」

「百年の恋も醒《さ》める？」

「そんな程度で醒めるわけないだろ。強烈なインパクトで、死ぬ間際に思い出しそうだけどな」

「死ぬ間際も一緒にいようね、ムギー」

明るく言うとムギが両腕をぐるりと翠の身体に巻きつけ、「当然だ」と優しく抱きしめてキスしてくれた。


三日後、ムギは玄孫島《やしゃごじま》を去った。

富和が操舵《そうだ》するボートに乗ったムギを桟橋《さんばし》の手前でみんなと一緒に見送って、泣くかと思ったけれど、翠《すい》はボニンブルーの海と雲ひとつない空みたいにすっきりした気分だった。

頻繁《ひんぱん》にムギと連絡は取れないが、ふてくされて連絡を無視したり、ムギの気持ちを疑ったりもしない。

ムギは手紙を書くよと言ってくれた。翠も返事を書くつもりだ。

ＩＴが発達した現代に逆行するかのごとく、古き良きアナログ。でもスマホに届いたメールは機種変更すれば普通は引き継がないし、電話だっていちいち録音しない。でも手紙だったら手元にさえ置いておけば、きっと何十年経ってもその当時の思い出をなくすことはないし、まともな通信手段さえないところにいた間も互いの恋心で繋がっていたのだというのが色褪《あ》せず目に見えるかたちで残すことができる。すごくロマンティックじゃないかと思うのだ。

「さて、今日は都の環境局のお偉方が来るよ。急いでお迎えの準備！」

リーダーの掛け声でみんな回れ右してボニンハウスに向かって歩きだす。

翠が「室長。あの……」と室長に並んで声をかけた。

「仕事の延長の話ですけど、もし後任の方が決まらなかったら、小松《こまつ》さんが戻ってくるまでおれでよければ」

「ほんとに？　そんなふんわりなかんじでいいの？　ぼくらは助かるけどさ……」

室長は目をぱしぱしと大きく瞬かせている。だから翠は「ほんとです」としっかり頷いた。

「小松さんがいつ戻るかだってまだ決まってないし……。そんな状態なのに、いいのかな」

申し訳なさそうに言う室長に、翠は「その辺も踏まえた上で」とにっこりする。

「わぁ……そうしてもらえると嬉しいよ。こんなスマホも使えないような島にいてくれるなんて、翠くんありがとう」

室長につづいて、他のメンバーも「翠くんいなかったら暑かろうと涼しかろうと毎日鍋になる。食事が唯一の楽しみと言っても過言じゃないのに」「ボニンハウスの中が掃除洗濯してない男子部室のニオイになる」「最悪だ」と口々に言う。

「翠くん、これからもよろしく」

リーダーにつづいて、みんなから「よろしくお願いしまっす」と部活みたいな挨拶を貰《もら》って、翠も「こちらこそ、お世話になります！」と笑顔で応《こた》えた。


ムギが本土へ復帰して二ヵ月が経った。

翠のもともとの契約期間が終了するはずだった十月末の気温は毎日二十六度から二十八度、日によっては三十度を超える。十一月、十二月になっても、二十三度を下回るのは月に七日間くらいだそうだ。

翠が玄孫島へやってきたのは四月末で、やがて夏を迎え、気温や季節的な部分でとくに差異を感じなかったけれど、このところは「都内だと薄手のコートを出す時季だし、ここはほんとに南の島なんだなぁ」と実感するようになった。

『きのう、ボニンハウスの裏手でタンポポを見つけました。タンポポって春の花だと思ってたけど、こっちでは十月にも咲くことがあるんだってね。菊池《きくち》さんが冬にもこの大好物を食べられるように、いくつか乾燥させてみました。冬にあげたら、菊池さんもびっくりするかな』

もう何度かやりとりした、これはムギへの手紙だ。

ムギからの手紙は父島《ちちじま》の小笠原《おがさわら》研究所の本部にいったん届けられ、食材の仕入れのために翠が父島へ渡ったときに受け取っている。翠もそのときに父島の郵便局のポストにムギへの手紙を投函《とうかん》するのだ。だから手紙の返事というより、一方的に送りつけるような内容になることが多い。

「……あ、菊池さんは花の季節うんぬんは分かんないから驚いたりしないか」

今回は、乾燥タンポポを貪《むさぼ》る菊池さんの写真プリントをムギへの手紙に同封することにした。ムギも職場での写真や、勤めている博物館で販売されているカードなど、手紙以外にも何かしら同封して送ってくれる。

『ムギ、大好きだよ。早く会いたい。声が聞きたい。今度は声を送ってください。マイクに向かって愛してるとか言うのが照れくさかったら、エッチなのでも。おれへの愛を綴《つづ》った自作ポエムとか、なんならラブソングでもいいよ』

「選択の余地なーし」

ニシシと笑い、最後に「おれの愛、届け」と封をした上からキスをする。

こんなの誰も見ていない、と分かっていても、「うーわ、サムイわ」と我ながら恥ずかしい。でも離れてますますムギのことが好きになっているのが、自分でも分かるのだ。愛にメーターがついているなら、目盛りのマックスを振り切って計測不能の域だろう。

「ムギの声だけでもいいから聞きたい。あの声で名前呼ばれたい。本気で『ムギのひとりえっちエロ動画』とか必要な気がしてきた……」

先日ムギから届いた手紙を胸にきゅうっと抱いたまま、ベッドにダイブする。

もう何度も読み返したムギからの手紙をまた開いた。

博物館での仕事のことや、都会に住むのは三年ぶりだから、いろいろと様変わりして驚いたことなど、ムギらしくとてもまじめな文章で綴られている。読みやすくて美しい文字というところも、好感度アップだ。

以前同封されていた写真は、研究室のラミネート機を「悪いコトに使わないので一回だけ見逃してください」と室長に頼み込んで貸してもらい、ラミネート加工を施《ほどこ》し、肌身離さず持ち歩いている。ムギが玄孫島にいた頃スマホに何枚か保存した写真とは別に、今のムギとずっと一緒にいたいから。

写真の中のムギは、玄孫島でいつも見ていたレンジャー風のラフな格好ではなくスーツ姿で、きっちりとしたシャツとネクタイを身につけている。ダークカラーなスーツもめちゃくちゃ似合っていて、ちょっと照れくささが覗く表情をしているムギは最高にかっこいい。

「大好き……会いたいよ……」

ムギに思いきりぎゅっと抱きしめられたい。

シーツの上に置いたムギの写真に顔を寄せて目を閉じ、右手を下方に伸ばす。短パンのゆるいウエストから指先を忍ばせた。

ベッドのシーツや枕にムギの匂いを探すけれど、もう残っていない。はじめてこの部屋でムギに抱かれたのはもう五ヵ月くらい前になる。

頭の中はムギでいっぱい。こんなときに反芻《はんすう》するのは、ムギに手でこすられたり、舐めてもらったときのこと。うしろは声が出てしまうし、前を手淫する以上に賢者タイムが切なすぎて弄れない。

「はぁっ……ふ、ぁっ……」

ぞくぞくと腰を震わせて吐精すると、心と身体が満たされるのなんか一瞬だと痛感する。でも、遠く離れた恋人との行為を思い出してこうするしかないのだ。

「ごめん、こんなことに使って」

爽《さわ》やかで清廉《せいれん》な写真に向かって、翠は切なく微笑《ほほえ》んだ。


「翠くん」

名前を呼ぶ声にはっと目を開けると、自室のベッドの脇に室長が立っていた。自然光で部屋が明るい。

「おはよう。珍しいね、ねぼう?」

「えっ、わっ、室長、おはようございます」

やっと覚醒《かくせい》してベッドから飛び起きたときに、顔の下敷きになっていたラミネート加工の写真がぽとりとシーツに落ちた。

室長がそれに注目するのと、翠が手で押さえて隠すのはほぼ同時。

ふたりとも、しんとなった。

「……み、見ました……？」

「いや、見てないよ」

にっこり微笑む室長は「じゃ、朝ごはんお願いしますー」と踵《きびす》を返して翠の部屋から出て行った。

昨晩どうやらあのまま寝落ちしてしまったようだ。パンツに右手を突っ込んだ状態じゃなかったのは助かった。

手のひらで隠していた写真を見下ろす。

「……ぜったいに見えたよな」

誰の写真かまで分かっただろうか。写っているのがスーツ姿の男性だということは認識したかもしれない。

「う……わー……もう」

でも室長はそういうセクシャリティのあれこれをとやかく言ったり変な反応をしないかんじ

がする。もし誰の写真だったかまで気付いていても、そっとして放っておいてくれそうな。

「切り替え！」

翠はベッドから勢いよく降りて、朝食を作るために部屋を飛び出した。


十一月もあと十日ほどで終わるという お昼前、開封したムギからの手紙に、翠は「マジでっ？」と声を上げた。自室だから周囲には誰もいない。

読み間違いだったらぬか喜びになるので、もう一度落ち着いて目を通す。

『世間の冬季休暇が始まる前に、まとまった休みが取れそうです。翠に会いに父島へ行くから、時間をつくってください。ちゃんと決まったら連絡します。』

何度読んでも『翠に会いに父島へ行く』と書いてある。

「やーったぁっ！　くー！」

翠はムギからの手紙に顔を埋めて、よろこびを嚙み締めてばたばたと足踏みした。

いつ頃という具体的な日付は書かれていないけれど、『世間の冬季休暇が始まる前』ということは、クリスマス前をさすはずだ。博物館は、子どもたちや学生らの休日こそ忙しいのだろう。

閑散期《かんさんき》の冬は船が週に一便しかない。東京都心と父島を往復するのに六日間を要する。こちらに宿泊できるのはその内、三日間だ。

「三日間とは言いません。ムギが来てくれたら一日でもいいから会いたい！　会わせて！」

しかし『休みが取れそう』なだけで『取れた』とは書かれていない。でもこんな手紙を貰って期待するなと言われても無理だ。

ムギが玄孫島を去ったのが九月初旬、もし十二月に会えるなら三ヵ月ぶりということになる。

「せめてひと晩だけでいいから父島に泊まりたい……室長に話してみようかな」

ラミネート加工写真事件以降、室長からは何も触れられない。べつに「恋人が父島へ来るので会いたいんです」なんて詳細《しょうさい》を語らなくても、「お休みをください」だけで室長は快諾《かいだく》してくれそうな気がする。

「お昼にデザート作ろ。甘いもので室長の脳を麻痺《まひ》させてから許可取りして……」

うっひっひ、と楽しげに笑う翠は、跳ねるようにして一階へ下りた。


ムギが父島へやって来る日が決まってから、翠はくるくる回りたいほどの浮かれ気分を抑えるのに毎日苦労した。

ムギは休みを取るために仕事を前倒ししているとかで『今回は短くてごめん』とそれでも律《り》義《ぎ》に手紙をくれたりして、同封してくれた写真（チェスターコート姿のムギも悶絶《もんぜつ》するほどイイ男だ）を眺めてすごし、翠の気分はますます高まった。

十二月に入り、カレンダーの写真は冬景色になっても、父島周辺は日中なら半袖《はんそで》一枚でも過ごせる気候だ。今年の四月、小笠原諸島の玄関口である二見《ふたみ》漁港に翠が降り立ったときの風景とさほど変わらない。

そして、十二月初旬の火曜日午前十一時。ついにムギと会える日を迎えた。

青く澄んだ空の下、おがさわら丸が入港するのに合わせて島民たちが陽気な音楽を奏《かな》で、船客らを歓迎している。

東京からの船が接岸する様子を、翠は富和《ふわ》と並んで眺めた。

当初の予定では富和がボートを運転し、翠を父島まで送ってくれるだけのはずだった。ところが室長が「玄孫島に『仕事』ってことでおいでよ。上陸許可取ってあげるから」とムギに提案したらしく、ムギは初日にボニンハウスに一泊することになったのだ。

今晩は玄孫島でみんなと過ごし、水曜から木曜にかけてムギが宿泊する父島のホテルに翠もお泊まりの許可を貰っている。

ムギの姿が船のエントランス付近に見えて、翠は嬉しさ溢《あふ》れる笑顔を隠しきれなかった。

ところが、白いタラップを下りてきたムギの隣に女の人がいて、ムギのほうから何か話しかけているから翠はすうっと笑顔を引っ込めた。

「ムギ……誰と話してるんだろ……？」

船内で知り合ったのかもしれない。何せ二十四時間もの航海だ。昨今は小笠原諸島へ一人旅の女性が増えているらしく、旅先で友だちになることも珍しくないのだと聞く。

船から下りたら行き先が分かれるのだろうと思っていたら、翠の目の前まできてもその女性はムギのやや後方に控えめに立っていた。それから彼女がムギに向かって少し微笑んで、ムギも頷いたから、翠の心にはざわざわと荒波が立ち始める。

女性はメイクをしているし、ぱっと見た目に年齢が分かりにくい。二十代後半、もしかすると三十代かもしれない。エンジ色っぽい小花柄《がら》のブラウスに、ミモレ丈《たけ》のパンツ、身長は百六十センチくらいだろうか。少し長めの髪をうしろで束《たば》ね、清潔感のある爽やかな印象を受けた。

ムギが大きな荷物をふたつ抱えているから、ひとつはきっと彼女のものだ。

彼女は穏やかに「はじめまして」とこちらに挨拶をした。富和と翠も同じように返す。しかし翠は今目の前にいるムギに「今日から俺と一緒にすごす予定だよね？　俺に会いに来たんだよね?」とがぶり寄りで確認したい気持ちでいっぱいだ。

ムギのほうは翠と目を合わせて「ひさしぶり」と短く挨拶をして、すぐに富和のほうへ視線を向けると「富和さん、三ヵ月ぶりですね」とにこやかに言葉を交わしている。

——ええええー！　恋人のおれにちょっとそっけなくない？

ムギらしいといえばらしいが、恋い焦《こ》がれた恋人との再会にしてはあっさりしすぎな気がして仕方ない。

「富和さんがボートを出して、迎えに来てくれたんですよね。お忙しいのに、ありがとうございます」

「いえいえ～。今日はちょっと余裕あるんだよ」

富和がその女性について何か訊いてくれるかと窺ってみるけれど、彼はただにこやかにしている。

――どうして誰もその彼女のことを突っ込まない！　ていうか彼女の姿が見えてるのおれだけ、ってやつじゃないよね？

不安でいっぱいになっている翠の心など置いてけぼりで、「ボートはマリーナにつけてるから」と富和が踵を返すと、ふたりはそのうしろについて歩き出した。

――誰その人、マジで！

なんだかじわっと、むわっと、腹が立ってきた。

もしかしてムギは、本土でできた彼女を何食わぬ顔で連れてきた、とかではないだろうか。翠に見せつけて、骨折りな『別れる』という作業を、手短にすませようと考えて、とかだ。

――いや……ないない。ムギに限ってそれはない。信じてるけど、信じたいけど……何この状況？

玄孫島へ向かうボートに乗り、「艇首《おもて》右舷《うげん》側、進行方向の前方右側に座ってください」とムギは丁寧に彼女を優しくサポートしている。

——おれのときはもっと乱暴な言い方だった！

彼女のうしろの席に座ったムギの隣に、翠はむかむかしながら強引にお尻をねじ込んだ。

（誰っ）

声には出さずに、ムギの腕を摑んで口パクで問いかけても、ムギは無言で一瞬目を合わせただけ。

翠がぎりっと奥歯を嚙むのと同時にボートがエンジン音を轟《とどろ》かせ、それ以上会話ができなくなったのだった。


どうして誰もこの女性について何も突っ込まない？（二回目）

ボニンハウスについてから、ついに翠は不安でいっぱいになり意気消沈《しょうちん》した。みんな「その女の人、誰？」と、ムギに問いかけないからだ。

もしかして自分だけのけ者にされて、何も知らされていないことがあるんだろうか。

「さーて。重大発表しましょうかねぇ」

室長がリビングダイニングに集まった所員に向けて声を上げた。

ムギと彼女、そして室長が前に並び、翠は所員らの列の端っこにとりあえず立ってみた。

重大発表なんて意味深な言い方に、翠はただただ不安な思いでいっぱいになる。

「こちらの彼女は遠田《とおだ》くみさん。年齢は言っていいの？」

室長に名前を紹介された彼女は「三十五歳です」と割合にはっきりとした声で告げた。

もっと若く見える、という印象の話は翠にとってはもはやどうでもいいことだ。

「プロフィールは……よければ、自己紹介されますか？」

室長が問うと、彼女は「はい」とにこやかに頷いた。

「豊島区《としまく》から来ました。えー……いきなり重たい話で恐縮ですが、二ヵ月前に離婚しまして、いわゆるバツイチです。結婚前は新宿《しんじゅく》のレストランで調理師として働いていましたので、料理や家事はお任せください。あ、あと、お裁縫《さいほう》得意なので、服のほころびを直したりやボタンの付け替え等も、ご遠慮なくお申し付けください」

翠は目をぱしぱしと瞬かせた。

「……え？」

みんなが翠を見ている。

「それ、俺の仕事なんですけど……」

翠だけが「え？」を繰り返して、リーダーも、森《もり》も、富和も、越谷《こしたに》も、そしてムギも、なぜか翠に微笑みを浮かべた顔つきで注目してくるのだ。

「な、何？　何これ。みんなでおれにどっきり的な何かを仕掛けてんの？」

恐れをなして縮《ちぢ》こまる翠に、室長が続けた。

「彼女はムギくんの婚約者――ではなくて、翠くんの、後任の方です」

「……後任……？」

リーダーは「室長、そこは『ムギくんの婚約者……』で、あともうちょっと溜めないと」と突っ込んでいる。

「彼女は半年間の契約で、そのあと、違う男性の寮監さんが来てくれる予定です。小松《こまつ》さんがここに戻ってくるの一年半後だから、やっぱり半年くらいでいったん区切らないとね。来てくれる人もたいへんだし。そういうわけで遠田さん、半年間よろしくね」

室長のあとにみんなも口々に「よろしく」と挨拶する。

すると彼女は控えめに挙手して、「ここで、人生をリセットしようと思ってます」とみんなに向かってにっこりと言い切った。それに対して所員たちは「金持って帰ってやり直せばいいんだよ」と拍手している。

ぽかんとしている翠に、室長がにんまりした。

「玄孫島には、人生をやり直したい人がやってくるよねぇ」

「彼女が……おれの後任？　じゃあおれは……」

どうしてこういうことになっているのか呑み込めないまま、翠は室長を見つめた。残ってくれたら嬉しいと翠に言ったのは室長だ。なのに、いらない、ということだろうか。

「小松さんとこの娘さんね、第二子がなんと双子《ふたご》らしくて」

「双子……」

「はっきりするまで時間がかかったらしいよ。で、小松さんから相談されて。年子ちゃんで双子ちゃんってなると、もうあと一年やそこらの延長じゃすまないよね、って話になってね」

「……はぁ……」

「翠くんをそこまで玄孫島に引きとめるのはさすがにねぇって思って、ぼくからムギくんに相談したんだよ」

どうして室長が、玄孫島での仕事を終えて本土へ復帰したムギに相談したのかは、ここまで聞いてもよく分からない。

「いきなり一年半だと難しいだろうから、とりあえず半年間だけ玄孫島に来てくれる人を探したんだ。そのあとの人も、どうにか見つけられたし」

「……ムギが？」

ムギは静かに首肯した。

「翠をここの寮監として推薦《すいせん》した環境省の方を、小笠原研究所の本部を通して紹介してもらって、そこから、春日《かすが》さんに繋いでいただいた」

「か、春日さんっ？　って、おれの後見人？」

「そう。春日さんは翠が玄孫島へ渡島することになった状況もよくご存じだし、飲食業をされてるということだったから、場合によっては力になってくださるだろうと思って」

春日自身は新宿三丁目でバーを経営している。その仕事柄、料理人の知り合いが多く、新宿界隈《かいわい》に限らず顔が利《き》くのだ。翠が十四歳のころから世話になっていることや、ここでの仕事も春日を介し、その環境省勤めの男性からの紹介なのだと以前ムギには話したので、彼らに連絡を取ろうと考えたのは的確かつ正しい判断だったかもしれない。

「春日さんの連絡先を俺が直接、翠に訊いてもよかったんだけど、研究所本部はもちろん環境省の方に話を通しておいたほうが、そのあとスムーズだ。それに翠は多少無理してでも『他の人を探さなくても自分が最後までがんばる』って言うんじゃないかって……。だから外堀を埋めるために動く間、室長にも内緒にしてもらってた」

ムギの予想は正しい。「帰りたい」は口に出してはいけないと思っていた。早く後任の人を探してほしいとは、翠からお願いできなかっただろう。

「春日さんの人脈には本当に助けられたよ」

でも翠のことを思って行動を起こしてくれたのはムギだ。もろもろの助けを得るために、彼が奔走してくれたのは明らかだった。

無人島へ持っていくもの、について語ったとき、ムギが「最期は翠といたい。もう離れたくない」と言ってくれて、何がなんでもふたり一緒にいたいのだという話をした。あれはたんなる睦言《むつごと》ではなくて、ムギの本心だったのだとこうして証明してくれたのだ。疑ってなんかいなかったけれど、示してくれたことに感激する。

それでもお互いいい年をした大人で、仕事があるし、そこには責任も伴《ともな》う。その中でムギは、ふたりにも周囲にとっても最善の方法を考えて動いてくれた。

胸がぎゅうっと絞られる。「ありがとう……」と言うので精いっぱいだった。

室長は作戦が成功したと嬉しそうにしている。

「さすがに今日のことを、他のみんなに黙ってるのもどうかと思って、翠くん以外の所員には先日集まってもらって話しておきました。だからまぁ、どっきりといえば、どっきりだよね。翠くんを驚かせたくてさ」

まんまと引っかかって、室長やみんなの思惑どおり、翠は心底驚いている。驚きの展開から、いっぺんに安心したのと感情が昂《たかぶ》ったのとで、ふいにぼろっと涙がこぼれ落ちた。

「わっ、ほら、泣いたじゃん！　誰だよ翠くんを泣かしたの！」

「すみません、びっくりしただけです」

翠が涙を拭って詫《わ》びると、向かいにいたムギが翠の目の前に立った。

「この島のことも考えてくれて、みんなのためにまじめに働いてくれる翠みたいな人――二ヵ月かかったけど、いい方が見つかってよかったよ」

「何もう……泣かすー」

「スマホが使えなくてもだいじょうぶと言ってくれる人を探すのは、なかなかたいへんだった」

翠は「遠田さん」と彼女に身体を向けた。

「玄孫島はたしかに、普通のテレビドラマは観られないし、いろいろと不便なことがいっぱいあるけど、空と海と星と山の緑と空気がとても綺麗です。動物たちはかわいいし、癒《い》やされます。古来からここで静かに暮らしてきた生き物たちが、遠田さんにたくさんパワーをくれると思います」

遠田はにっこりと微笑んで頷いた。

「というわけで、翠くん。次の本土行きの船は今週金曜日です。水曜と木曜にがんばって本土へ帰るために荷物を纏めて、遠田さんへの仕事の引き継ぎを完了してください。なので、お休みを取らせてあげる約束だったけど、それナシね」

室長が放った『休みナシ』と、茶目っ気ある笑顔にはっとする。

明日、明後日《あさって》と父島でムギといちゃつくことしか考えてなかった翠は「うーわマジか」と思わずぼやいてしまった。でもここを出て本土に帰ったら、そのあとはムギとの永遠のラブライフが待っている。

「それと、急遽《きゅうきょ》なんだけど、今夜は遠田さんの歓迎会と、最後の木曜の夜は翠くんの追い出し会やるから、それも頭に置いといてね」

室長がそう宣言したので、翠と遠田は揃って「はい」と頷いた。所員らもみな、今日の仕事をするために散っていく。

リビングダイニングから研究室へ入る手前にいた室長が、翠を手招きした。

翠が前に立つと、室長はほっとしたようなため息をつく。

「驚かせてすまなかったね。小松さんと交替するまで翠くんにいてもらえたら……なんて、きみの人のよさに甘えすぎてはいけないなと思ったんだよ。ぼくの判断は間違ってなかったかな？」

「判断……？」

「ラミネート加工した彼氏の写真に顔を押しつけて眠ってる翠くんの寝顔……目頭《めがしら》の涙のあとを見たら、もう……ぼくもほんとに、すごく切なくなっちゃって」

「ラ………」

ねぼうした朝、室長に起こされたあのときだ。泣いた覚えはないけれど、翠は恥ずかしさいっぱいで「やっぱりあれ……見られてたんですね」と苦笑いする。

「ぼくが帰らせなきゃだめだと思った。きみはたとえ気持ち的にぎりぎりでも、そうだとは言えないでしょ？　きっと『だいじょうぶです』って答えるから、あえて訊かずに後任探しに動いたんだよ。黙ってムギくんにお願いしちゃったけど、勝手をしたこと許してね」

翠は「許してなんて」と首を横に振った。

「だからムギくんがこっちに遊びに来るって思ってここ数日浮かれちゃってる翠くん見てるの、なんか嬉しくて、ちょっと寂しくて、とても楽しかった」

室長の言葉にまたじわっとくるのをこらえて無理に笑う。

「変だと思ったんですよね～。なんで今日、室長がムギを玄孫島に『仕事』って名目で上陸許可申請《しんせい》してまで呼ぶんだろ、室長がムギに会いたいとか一緒に飲みたいとかなら父島でもいいのにって。……いろいろ驚いたけど、でも、ありがとうございます」

優しい人のあたたかい思いやりに感謝しかない。翠が涙目のまま会釈《えしゃく》し礼を伝えると、室長は「今度はあっちでしあわせになるんだよ」とまるで嫁《よめ》に出す父親みたいなセリフで微笑んだ。

その日の夜にムギもまざって遠田の歓迎会を行った。翌日の水曜から木曜は仕事内容の引き継ぎをする予定だ。その間にムギは父島の本部の人たちとの飲み会や、レジャーを観光客として楽しむらしい。

そして金曜の午後、翠はムギと一緒に父島を出るおが丸に乗船することになっている。

遠田は男たち全員を負かす勢いで酒に強く、その席で、本土に戻ったら店を持つ目標があるのだと語っていた。

彼女は話し方や動作は穏やかだけど、無駄がなくて正確で仕事が速い。デジカメにも詳しいし、ブログの文章を書くのも慣れている。順応しやすそうで器用な人だから、きっとこの島での生活にすぐに馴染むことだろう。

最後の日の夜に翠の追い出し会が終わり、翠はあらためて遠田にお礼を伝えるために部屋を訪ねた。

「遠田さんが来てくださってよかったです。ありがとうございます」

翠が礼を言うと、遠田からは「ここでの生活を楽しみます」と頼もしい答えが返ってきた。

「遠田さんが本土に戻ってお店開いたら、食べに行くからぜったい連絡ください」

「約束ね。翠くんも、あの素敵な彼氏とおしあわせに」

「ふはっ。うん。しあわせになるよ」

遠田にはムギとのことを話した。翠たちの関係を知っている室長以外のメンバーには、「そういう関係なんです」とあらたまって説明はしていない。知られているのかもしれないが、みんな大人だから下世話な問いをしないでいてくれた。

もとは翠の部屋、今は遠田の部屋でふたりきりの挨拶を交わしたあと、翠は隣の、もとはムギの部屋に入った。

玄孫島での最後の三日間はここで眠った。引き継ぎやもろもろでとにかく忙しくて、連日寝落ちしていたから、「ここでムギと……」なんて思い返す暇さえなかったが。

「最後なんだなぁ……」

玄孫島での暮らしは半年の予定が二ヵ月くらい延びたから約八ヵ月間。

いろんなことがあった。稀少生物を売り飛ばすバイヤーの仲間が紛《まぎ》れ込《こ》んでいた事件は悲しかったけれど、あとは楽しいことばかりだったと思う。

生まれてはじめて見る虫、変な色のトカゲ、そこら辺に普通に飛んでいるコウモリ。絶滅に瀕《ひん》している鳥、稀少種の草花。ボニンハウスの裏で取れたマンゴーで作るデザート。

「室長のお気に入りはマンゴーのババロア。リーダーと森さんはマンゴーとレモンのフレッシュカクテル。富和さんはマンゴーアイスで、越谷さんは……最後まで謎《なぞ》な人だったなぁ」

ムギと再会した瞬間からここですごした日々も、濃厚な思い出だ。

ムギの頭にとまったイソヒヨドリ。落巣したアカガシラカラスバトのヒナにコムギと名付けたこと。ムギと見たグリーンフラッシュ。鮮やかな色をした小魚の群れ。宇宙の星。

どうしてこういうときに、苦労したことはちっとも思い出さないのだろうか。綺麗な景色や、感動したことばかりが頭に浮かんで、だから「帰りたい、ムギに会いたい」と思っていたのも事実なのに、とてもとても寂しくなる。

「……菊池さん」

白いノヤギ。おっさんだけど、くいしんぼうで、人なつこくて、優しい。人間の勝手で島に捨て置かれて繁殖《はんしょく》してしまったノヤギを、また人間の都合で処分してきた、菊池さんはその最後の一頭だった。翠の愚痴《ぐち》をいっぱい聞いてくれたのは他ならぬ菊池さんだ。

「あー……菊池さんはだめだ。ぜったい泣く」

あしたのさよならを思って、翠は枕に顔を埋めた。

室長をはじめ、ボニンハウスの人たちには、リビングダイニングで最後の挨拶をさせてもらうことにした。海岸で見送られたら泣きそうだからだ。

「本土でもがんばってね」とみんなが言ってくれて、遠田は「あとはまかせてください」と頼もしい言葉で締めくくってくれた。室長は最後に短く「ありがとう」と。

富和がボートで父島まで送ってくれることになっていて、「エンジンかけとく」と一足早く桟橋へ向かってくれた。

ボニンハウスを出て振り仰《あお》ぐ。ボニンブルーの建物を囲むのは木生《もくせい》シダやモモタマナ、ヒメツバキ。身体の奥に空気を染み込ませるように、翠はひとつ深く息を吸った。

『小笠原研究所　玄孫島分室・ボニンハウス』の木製看板を撫でてから、建物の裏手に回った。

「菊池さーん」

右手に干し草をひと束。

いつもなら「俺のエサ係！」とばかりに駆けてくる菊池さんが、かなり遠く距離を取ったところから翠をじっと見つめてくる。

「あ……やだなーもう。分かってんのかな」

新しい人が来て、ボニンハウスの中がここ数日慌ただしかったのを建物の外でも感じていたのかもしれない。

もう一度深呼吸して、翠は菊池さんのほうへ歩み寄った。

「菊池さん。四月末から玄孫島でともに暮らしてまいりましたが、本日をもって、小笠原を出ることになりました」

屈んで干し草を差し出すと、菊池さんはじっと翠の顔を見て、はむっと囓《かじ》りついた。

「やっぱ食うんかい」

寂しさのあまりエサも喉を通らない、という意思表示かと思ったけれど、そうじゃなかったみたいだ。なんだか笑いが込み上げてくる。

「菊池さんをはじめて見たとき、暗がりからいきなり出てきたからびっくりして腰抜かしたよね。ここから特別保護区に脱走した菊池さんをおれが発見して、振り向いた瞬間の『やっべ見つかった』って顔とか、忘れらんない」

翠はすっくと立ち上がって、右のポケットから封筒を取り出した。

「白ヤギさーんにお手紙書いた……じゃなかったっけ『やぎさんゆうびん』。これはおれから菊池さんに。でも封筒の中身は、手紙じゃないよ」

翠が封筒の中を探るのを、菊池さんは黙って見上げてくる。「なーんでしょ?」と翠がもったいぶると、珍しく菊池さんが「メッ」と鳴いたから笑ってしまった。これはちょっと怒ったときの鳴き方だ。「早く出して見せろ」と催促しているのかもしれない。

封筒から取り出したのは、乾燥させたタンポポだ。十月にもう一度咲いていた黄色いタンポポを、菊池さんのために乾燥させて取っておいた。

案の定、菊池さんは目の色を変えて、「早くちょうだい」と翠の膝頭にすりすり甘えてくる。

翠は今いるところより少し奥まった場所に乾燥タンポポを置いた。菊池さんは嬉しそうに、黄色の花房をはぐはぐと食べ始める。

「じゃあね、菊池さん。元気でね」

菊池さんは翠のことなんか見ちゃいない。そんな勝手で貪欲《どんよく》なところも、じつに菊池さんらしい。食欲旺盛《おうせい》なのは、生命力に満ちあふれ、生きることに懸命な証拠だ。

寂しい気持ちにうしろ髪を引かれながらも、翠は菊池さんに背を向けて歩きだした。うっかり菊池さんに見送られたら泣きそうだから、わざとちょっと離れたところにタンポポを置いたのだ。

少し進んだところで、なんの気なしに翠が振り向くと、タンポポに夢中だったはずの菊池さんがこっちを見ていた。

しっかりと四本脚で立ち、白いあごひげが風にそよそよと靡《なび》いている。

「なんっ、なんかアニメに出てくる守り神っぽい！　長生きしろよ！」

涙がどうしようもなく溢れて、泣いているのをごまかすためにそう叫んだ。

そこからボートまでは猛ダッシュで、富和が翠の顔を見てそのあまりにひどい泣き顔にドン引きしたから、「父島までお願いします！　なる早で！」とタクシーの運転手に告げるように前をさした。

遠くなっていく玄孫島。

翠にとって大切な人と再び巡り合わせてくれた、運命の島だった。

上陸許可が必要な世界遺産の孤島で、もう来ることはないかもしれない。でも、一生忘れないだろう。

父島に着いたら、富和は翠をムギに渡すと、仕事があるので「ふたりとも元気でね！」と、とんぼ返りで玄孫島へ帰っていった。

マリーナで翠を待っていたムギが瞠目《どうもく》するほどひどい泣き顔だったけれど、その顔で郷土料理であるカメの島寿司をはじめて食べた。小笠原の先人たちが貴重な動物性タンパク源としてウミガメを食べて生きてきたことを、「キモイ」とか「カワイソウ」なんて薄っぺらい言葉で否定するのは失礼だと思ったからだ。

最後に小笠原諸島らしいものを食べて、翠とムギは父島をあとにした。


春から真夏の繁忙期と違い、乗船率は七十パーセントほど。カーテンで仕切られただけの特二等客室は、寝台列車みたいに向かい側にも二段ベッドが配置されている。たまたまそちらは上下とも乗船客がいないようで、ムギと翠は下段のベッドに並んで座った。

「本土に着いたら、俺のマンションへ来てくれ。そのまま一緒に住もう」

「……いいの？」

「翠の『住むところがない』って話を聞いたときからいろいろ考えてた。まぁ、あったとしても引っ越しさせるけど」

「ムギのそういう強引さ、好きだから嬉しい」

ムギの傍にずっといたい。それを叶えるためには一緒に暮らすのがいちばんだと翠も思っていた。ムギは翠の心が読めるエスパーなのかもしれない。

翠はぺこりと頭を下げて「よろしくお願いします」と挨拶した。

「ムギのマンションって清澄白河《きよすみしらかわ》の辺りだよね」

ムギは頷いてスマホを取り出し、いろいろと写真を見せてくれた。最寄り駅周辺や、深川《ふかがわ》の商店街、ここは生活雑貨が安いとか、この家にはかわいい犬がいるとか、そんな情報まで。もちろんマンション内部のリビングダイニング、キッチン、バス、寝室の写真、間取りの説明も。

「なんでこんないっぱい写真撮ってんの」

「翠の後見人である春日さんにも説明するため」

「え？」

「筋をとおすべきところにはしっかりと根回しを、と思って。翠の後任を探しながら、機会を見て俺たちの話をしておいた。俺が動くには、そういう説明も必要だったからな」

たしかに、男のために必死に奔走《ほんそう》する姿を見れば「何者？　翠といったいどういう関係？」と疑問を持つだろう。

「そっか……ムギ、ありがとう」

ムギと手を繋いで見つめ合って、翠からすうっと顔を近付ける。

「瞼が腫《は》れてるな。泣きすぎだ。俺が玄孫島を去るときはぜんぜん泣かなかったくせに」

「今このタイミングでそういうこと言う？」

口をむぐむぐさせながら文句を言うと、ムギは半眼になって無言で翠を見つめるだけ。だから痺《しび》れを切らして、翠のほうからムギの首筋に両腕を回して、「キス」と誘う。

「カーテンを……」

ムギが手を伸ばそうとして届かなかった半端に開いている寝台のカーテンを、翠が摑んできっちり閉じた。

清澄白河のムギのマンションは1LDKで、おが丸の中で見た写真ですでに寝室がどこかは確認済みだ。

玄関に入って靴を脱いだら、互いに手を取り合って無言のままくちづけた。

船に乗る前は季節が夏で、今は真冬。ムギが持参してくれたダウンジャケットをTシャツの上に羽織っていたから、アウターを脱いだら寒くて震えてしまった。

「エアコンの熱がまだ部屋に行き渡ってない」

「だって待てないよ。ベッド入ろ」

ムギの手を離さずにぐいっと引っ張ると、逆にムギの肩に担《かつ》ぎ上《あ》げられた。

「軽い。痩《や》せたんじゃないか？」

「ほんのちょっとだよ。ムギに恋煩《わずら》いだよ。会いたくて会いたくて、会いたかったからさ」

「もっと鍛《きた》えろ」

「そこはもうちょっとロマンティックな言葉で返してくんない？」

ぼうん、とベッドに仰向けで落とされて、「ここ、ムギの匂いでいっぱい……」とうっとりしたところに、ムギが覆《おお》い被《かぶ》さってくる。

「俺も、早く翠とふたりきりになりたかった……こうしたかった」

気持ちが滲みだしたムギの掠《かす》れた声に翠はどきんとして、ムギを仰ぎ見たまま喉に詰まった息を小さく嚥下《えんげ》した。甘く優しいムギのまなざしが降ってきて、胸のどきどきがますます大きくなる。

「こんなふうにムギといられるなんて、……なんか夢みたいだ」

「夢じゃない。これからはずっと一緒だ」

永遠を約束されて、翠は目を瞑《つぶ》り、飛び出してしまいそうなよろこびを胸に閉じ込めるように、そっと手で押さえた。その手をムギの手に包まれ、瞼を上げたら愛《いと》しそうに見つめられている。

「ムギ……ムギのことめっちゃ好きだよ。大好き。世界一好き」

子どもだった頃の告白をもう一度ムギにする。ムギはあのときとても照れて、なかなか言葉を返してくれなくて、でも「俺も、好き」とちゃんと応えてくれた。「翠が、かわいい」と言ってくれた。忘れない。

ムギは今、あのときよりもずっと大人になって、柔らかに微笑んで、翠の髪を優しく撫でてくれている。

「俺も、……愛してるから」

好きよりもっと深く。強い言葉にかえて、今の想いをムギは翠にくれた。

「……ムギ」

嬉しさいっぱいで名前を呼んだら、ムギはちょっとはにかむ。翠が好きなムギの表情だ。

ふたり同時に、翠はムギを引き寄せ、ムギは翠の唇を塞《ふさ》いだ。

いっぱい抱き合って、ぎゅうっと力を込めて想いを交換し、互いの甘い粘膜を舐《な》め合《あ》うことに夢中になった。

だけどすぐに足りなくなる。ふたりとも一度離れて、毟《むし》るようにして服を脱いだ。肌と肌をくっつけて、またぎゅっと抱きしめたい。

互いに手を取り、再びベッドにダイブする。くちづけを交わしながら、組み敷かれていた翠がムギの上になった。ムギの髪を掻き乱して、舌を吸う。ムギの上顎も、頬の内側も舌下も、歯の裏側や歯茎も、口の中ぜんぶを舐めたかった。好きな男の知らない部分、触れてないところなど、一箇所だってあったらいやだ。

「ムギ……今日は、えっちなことたくさんして」

「まだ、したことないこと?」

「想像っ……するばっかり、だったから。すごく、やらしいことされたい」

腰を押しつけてペニスをこすり合わせる。もうがちがちで、翠は「はぁっ」と大きく息を弾ませた。

「舐めてやろうか?」

「はぁ、あ……、あっ……」

濡れた先端をムギに指で擽られて、ぐずっと尻を揺らす。

「そのまま上に来い」

「……え……?」

ムギの身体の上をひきずられ、四つん這いでムギの顔を跨《また》ぐような格好にさせられた。

「ム、ムギっ……これ……」

「やらしくて、恥ずかしいことをしたいと言っただろ」

「は、恥ずかしいのとは、言ってないよぅ」

「煽《あお》っておいて何を」

腰を捕まえられて、下ろすように引き寄せられる。

熱くとろけている先端の蜜《みつ》を舐められて吸われたらなけなしの理性も吹っ飛んで、誘われるまま腰を落としてしまった。

じゅるっと音を立てて、ムギに深く呑み込まれる。

「あーっ……あっ、あぁっ、ああ、ムギっ、あぁ」

ムギの手が翠の腰を持って、腰を振れ、と上下に動かしてくる。

「あぁ……あっ、だめ……ムギ……」

尻を摑まれ、さらに引き寄せられて、翠は喉を引き攣《つ》らせた。濡れた粘膜に先端から根元まで絶妙な強さで圧迫されたらだめだ。翠は口を薄く開いて短く荒い息を弾ませて、溶けると思うくらい気持ちよくしてくれるムギの口内に、夢中でペニスを擦《す》りつけた。

「はぁっ、あっ、あ……っ……ん、んっ」

自分がそうしているのか、ムギに動かされているからなのか判断がつかなくなってくる。

下を覗くと、ムギは目を瞑って顔の傾きを変えながら、まるで味わうように翠のものを頬張っている。

「ふ、あ……んっ、くっ……」

ムギの頬の肉に、翠のペニスの先端から雁首《かりくび》を押し当ててこすりつけ、翠はふぅふぅと鼻を鳴らした。

「……それ、きっ、きもちいっ……あっ、きもちい、よ……出ちゃうぅ……」

たまらずに震える腰をムギに、いいよ、と撫でられる。

「あ、あっ、あ、あぁ……！」

ムギの上顎に鈴口《すずぐち》を押しつけて射精する。先端がしぶくかんじがいっそうよくて、翠は声を上げながらムギの口内を白濁でいっぱいにした。

たっぷり濡らされたペニスを、ずるん、と引き抜いたら、翠の出したものをムギが嚥下する。

ムギに「そのままでいて」と言われ、素直に従ったら身を起こしたムギが翠の背後に回った。

「ムギ?」

「舐めてやる」

今そうしてもらったばかりなのに、と思ったら、ムギは翠の臀部《でんぶ》の双丘とあわいにくちづけ、舌を這わせた。

「わ、あっ、うそ」

後孔を濡れた舌でぬるぬると上下にこすられる。ぎゅっと身を縮めたくなるのを、ムギは尻《しり》臀《たぶ》を押し広げ、今度は舌先で中を探ってきた。ぞわっと背筋がわななき、翠は小さな悲鳴のような声で喘いだ。

「あっ、う、はぁっ……、んんっ……！」

弾力のある舌を尖らせて抜き挿《さ》しされたら、どうしようもなく尻がもじもじと揺れてしまう。

ムギはその周辺や脚のつけ根を吸ったり、臀部を甘噛みしたり、陰嚢《いんのう》を口内に含んだりと、いろいろな方法で翠を恥ずかしがらせた。

蕾《つぼみ》がほころぶと指を挿し込んで中を優しく引っ掻き、同時に縁《ふち》を舌で擽ってくる。

「んうっ……！」

ムギが後孔と陰嚢の間を吸ったとき、翠は電流が流れたかと思うほどの快感に腰を跳ねさせた。鈴口がとろりと濡れる。

はじめて知った刺激に「今のとこ、何……？」と不安げに問いかけた。ムギは「会陰《えいん》。前立腺の裏側」と答えて今度は指でそこを優しく撫でてくる。疼《うず》くような、甘く痺れるような、なんとも言えない性感に翠は尻をもじっとさせた。

「ひくついてる。会陰を押されるのがイイのか？　それとも、ものたりない？」

「ちがっ……あっ……あぁっ」

骨張った指と弾力のある舌の動きを後孔で同時に感じ、まったく触れられていないペニスの先端がじんとする。たまらず翠はそこを自分の手で包んでゆるゆるとこすった。

何をされても、悶《もだ》えたくなるほどに羞恥《しゅうち》を覚えながら、それは快感でしかない。

——こんなの、ムギだからだ。ムギだから、恥ずかしいのにどきどきして、気持ちいいんだ。

頭がぼんやりしてしまうくらいに愛撫されて、ムギにベッドへ転がされたときには、ろくに反応できずに茫然となっていた。

ムギの愛撫が濃厚すぎる。いつもよくしてくれるけど、今日はなんだか特別にすごい。

「翠に、挿れたい。ちゃんとしたローションを買ったから、使おう」

島でしたときは性交用のものなんてなかったから、ボディ用のオイルだった。

ムギはいったん翠から離れて、ベッド脇のチェストからボトルを取って戻ってきた。

それをたっぷり塗られて、中にも含ませられる。

「うしろからがいい？　前からがいい？」

問われて、ムギとしっかり抱き合いたかったから「前から」と答えた。

脚を大きく割り広げられ、翠に見せつけるようにしてムギの先端を縁にこすりつけられる。縁にひっかかって跳ね上がるムギの硬茎に、深くまで貫かれる期待で胸が早鐘を打った。

何度か、軽く挿れては引き抜かれていたものが、待ち構えていた後孔を満たしていく。質量があって、熱くて、力強い硬茎が翠のまだ拓《ひら》ききっていないところまで入ってくる。隘路《あいろ》を掻き分け、大した抵抗もなくぬるぬると挿入される感覚がひどく生々しくて。

「あっ……んー……っ……、濡らした、のがっ……」

「さすがに……コレ用のは、……すごいな」

性交のためのローションは今まで代用していたオイルと明らかにぬめり具合が違う。

「ん、あぁっ……すご、すぎるっ……！」

　ゆっくりといちばん奥まで沈められ、下肢が完全に重なった。深く接合したところで、ムギが収まりのいい位置を探るように腰を遣ってくる。やがていちばん奥に嵌《は》められて硬い先端で突き上げられたとき、翠は頭の芯までじんと痺れる快感に身をこわばらせた。

「ひ……、ゃっ、……っ」

　ムギが覆い被さってきて、翠は両腕でその逞しい身体に抱きついた。

「翠……」

　頬に、瞼に、蟀谷《こめかみ》にキスされながら、自分の中にムギがいるのを感じる。ずっと、ムギにこうされたかった。

　他の誰も触れられないほど深いところでムギと繋がっているのだと、まるで翠に分からせるように最奥《さいおう》をきつく揺さ振られる。力強い抽挿《ちゅうそう》に目を開けていられない。

　さっきおしえられた会陰を親指で優しく揉まれる間も、後孔をぐちゃぐちゃにされる。翠は律動を受けとめて、頭に敷いた枕に逆手《さかて》で摑まるしかない。

「あぁっ、んっ、ふぅ、あっ、あ……！」

「気持ちっ、いい？」

「いいっ……ぁっ……あ、奥はっ……あ、あぁだめ、イく、イくぅっ……！」

　ムギとぴったりと胸を合わせ、脚をムギの腰に絡ませる。翠はぞくぞくと背筋を震わせて、ムギの腹に張り詰めた自身を擦りつけて白濁をしぶかせた。

ムギに尻を撫でられて肌を粟立《あわだ》たせ、熱いものをとぷとぷと溢れさせる。

すべて放出して荒い息遣いのまま腕をシーツに投げ出し、快感に痺れてくたりとなった。

「……ごめ……き、気持ちよすぎて……」

「いきなりイくほどよかった？」

「だってムギの、ムギのが、めちゃめちゃ気持ちいいからさー……」

挿れられていくらもしないうちに絶頂してしまった。すごいよがり声を上げた気がするし、だらしなくとろけているはずの顔を手で隠す。

「俺も、すごくいい」

挿れっぱなしのムギのペニスがぐっと硬く膨《ふく》らんだ。ムギに手を取られて、しっかり繋ぐ。

「ムギをもっとよくしたい。イかせたい。ムギ……動いて」

ムギが翠の左脚に抱きつくかっこうで腰を回し挿れてきた。一度絶頂して柔らかくなっている内壁は、まるで食むようにムギに絡みつく。

ぐちょっと音が大きく響く強さで掻き回されて、翠は半泣きで訴《うった》えた。

「……あ……あぁ、そ、それ、そうするの、好きっ……！」

ムギは抱きついている翠の脚の、膝や脹《ふく》ら脛《はぎ》を舐めたりくちづけたりしながら、最奥を突いて、深く繋がったたまゆすりあげてくる。

奥をそんなふうにされたらあんまりもたないのは分かっているけれど、ムギが息遣いを荒くして、ときどきたまらず小さく呻くのを聞くと嬉しくなってしまう。

「あ……あっ、すご、いっ……それ、もっとっ……もっとして、ムギっ……」

すぐにお願いどおりにされて、気持ちよくてたまらない。目を瞑って首を窄《すぼ》め、濃くなっていく快感に集中する。

「う……んっ、……っちゃう……」

「またイくの？」

「ふ、ぅん、んっ……イっちゃう……ん、きもちっ、いぃっ……」

快感を追うことに夢中になりすぎて、まるでひとりごとみたいだ。やがて全身が緊張し、内襞がびくびくと痙攣《けいれん》した。ペニスから何も出ない、ドライオーガズムははじめてだった。

「俺も、イかせて」

くてんとしていたら、翠を貫きっぱなしだったものをいきなり引き抜かれた。抱き起こされたものの、翠の腰から下は快感に痺れてしまってぐにゃぐにゃだ。

「上においで」

座っているムギの上に誘われて腰を支えられ、待つ間もなく再び交わった。挿入の瞬間も軽くイったみたいに、あちこちが粟立《あわだ》つ。

両の乳首を指と舌で捏《こ》ねられて、そこからも湧く性感に翠は甘ったるい声を上げて喘いだ。

「ここも、気持ちいい？」

震える唇で「きもちいっ……」と答えたつもりだけど、声になっていたか分からない。

ムギのリズムで揺さ振られたら頭が真っ白になって、一瞬飛んでいた。

深く嵌まった屹立《きつりつ》がどくっと脈打ち、奥壁に熱いものを浴びせられているのが伝わる。

「はぁっ……あ……、翠……」

身動きが取れないくらい抱きしめられ、一滴残らずムギのものを注がれて、翠は何度目かの絶頂の中で陶然となっていた。


年が明けた一月中旬。ムギのマンションで一緒に暮らしだしてひと月ほど経った。

ムギは博物館での仕事を基盤に、大学院の稀少動物繁殖研究会に所属する学術研究員としてあちこちで行われる研究発表の場や講義などに、他の研究者たちとともにときどき出席している。二足のわらじを履《は》いているムギはいつも忙しそうだけれど、一緒に生活しているから毎日会えるし、寂しさは感じない。

翠が一月から東京駅近くのイタリアンレストランで働き始めて、はじめての休日。その日ムギは出張で、朝早くマンションを出るとき、「夜八時頃に帰る」と言っていた。

出張帰りのムギと東京駅で待ち合わせをして、はじめて自分が働いているレストランで客として夕食をとる約束をしている。翠が世話になっている店を見ておきたい、とムギにリクエストされたからだ。

十四時間ぶりに会ったムギはスーツにロングコート、グレーのマフラーを巻き、人混みでも浮くほどのイイ男で、あの人がおれの彼氏なんだよと言いふらしたくなるけど我慢する。

「あ、あの……店に着く前に言っておかないと、なのですが」

歩きだしてすぐ翠がムギの腕をきゅっと摘《つ》まんで窺《うかが》うと、ムギが立ちどまった。

「店の人たちに、おれゲイなんです、って言ってるんだ。彼女いるのかとか、新入りに定番な質問されて、それでなんか嘘つくの苦手っていうか、どっかで辻褄《つじつま》合わなくなりそうだったから……」

「……え、あ、そう?」

「男の恋人がいる、ってカミングアウトしたから、俺が行くと少なからず『その人が彼氏?』という好奇の目で見られてしまう、という話なら、俺はいっこうに構わない」

「隠さなくていいところでなら、隠す必要はないと思ってる」

「ほんと? 嬉しい。ありがとう」

にやにやしてしまう。見せびらかしたい、言いふらしたいほどムギがイイ男なのだから尚更だ。

「仕事も決まったし、ボニンハウスのみんなに報告がてら今日店でムギとの写真を撮って、カードにして送ろうかな」

そういうわけで、その日ふたりが少々おすまし顔で撮って送ったカードに対し、後日、ボニンハウスからも返事のカードが届いた。

ボニンブルーの建物をバックに、翠が残した乾燥タンポポを貪《むさぼ》る菊池さんを真ん中にして、メンバー全員でダブルピースサインの南の島らしい陽気な写真だった。

そのカードは今、ムギと翠が暮らすリビングのフォトスタンドに飾ってある。本土と玄孫島、遠く離れていた間にふたりが交わしたラブレターと一緒に。

あとがき

AFTERWORD

―川琴ゆい華―


ディアプラス文庫様でははじめまして。このたびは『恋にいちばん近い島』をお手に取ってくださり、ありがとうございます。お楽しみいただけましたか？

このお話の前半は雑誌に掲載していただいたもの、後半は書き下ろしです。

デビュー当初から、雑誌の表紙に名前が載ること、新作小説を掲載されることにわたしはたいへん強い憧《あこが》れがありまして（少女漫画雑誌で育った影響かも？）、雑誌のあるレーベルさんからいつかお声がかかったらいいなぁとひそかに思っておりました。なので、ディアプラスさんからお仕事依頼のメールをいただいたとき「うわわわっ、きたああああっ」と椅子から転げ落ちそうになりました（笑）。ほんとに嬉しかったんです。

そういうわけで、夢を叶《かな》えていただき、こうして書き下ろしをつけての文庫化とあいなりました。ありがとうございます！

イラストは小椋《おぐら》ムク先生とのことでしたので、自然や動物が出てくるお話が書きたい……というか、そういうイラストをぜひ拝見したいと思いました。「小鳥、ヤギ。ムク先生の描かれるヤギはぜったいかわいい！」というようなことを、まだ何も決まっていない最初の打ち合わせですでに発言していたと記憶しています。

そんな願望があって、今作は『島ものBL』でございます。

玄孫島《やしゃごじま》は小笠原《おがさわら》諸島の群島のひとつ、と記していますが、架空《かくう》の島です。とはいえ、小笠原全体で稀少《きしょう》生物を大切に護《まも》り育《はぐく》んでいることや、ストーリーの軸《じく》となる部分は事実を書きました。小笠原にはない植物も一部出てきますが、かつて海外船が着岸していたという史実に基づく許容範囲内のものとしておりますーーと、ここはまじめに語る。

イラストは前述のとおり、南の島の自然と動物たちを素敵にかわいく、ムギをかっこよく、翠《すい》をキュートに描いてくださった小椋ムク先生です。わたしが欲しかったものをぜんぶ詰めてくださったような、優しさ溢《あふ》れるイラストをありがとうございました。いつかお仕事をご一緒できたらいいなぁと思っていたので、ここでも夢を叶えていただいてますね!

というわけで、気づかない間にわたしの念を両手でキャッチしてしまったかもしれない担当様。いろいろとありがとうございました。今後ともどうぞよろしくお願いいたします。

最後に読者様。雑誌掲載時にはご感想をたくさんいただきました。皆様からのこれまでの応援と、そういうお声のひとつひとつのおかげで今作があるのだと思います。心より感謝申し上げます。どんだけ欲しがるんだと思われるかもしれませんが、初読みの方はもちろん、書き下ろしを含めたこの本のご感想もいただけたらいいなと思っております。お手紙はたいへんありがたいですが、ツイッターでひとことでも本当に嬉しいので、お時間ありましたらぜひ。

またこうして、皆様とお目にかかれますように。

恋の箱はつぶせない

翠《すい》の荷物と新しい収納用のラックをマンションに運び入れると、ムギは住み始めてはじめて1LDKの住まいが狭《せま》いと感じた。狭いと感じるのに、同時にそれがしあわせにも思える。

「いつか、ふたりで暮らす部屋を探そう。それまでは狭さをちょっと我慢してくれ」

「えっ、狭くないよー？　ムギと一緒に寝られる寝室があるから充分だよ」

前の男から身ぐるみ剝《は》がされたせいで翠の荷物は少なく、引っ越しは驚異《きょうい》の速さで終了した。白物家電やタンスや食器棚などがないからだ。

その少ない荷物のひとつとおぼしき箱を翠が抱《かか》えてうろつくのが目について、「貴重品か？」と訊《たず》ねた。

「え……っと、貴重といえば貴重……だけど通帳とかじゃない」

翠の目が泳いでいるのと、箱の大きさから推測するに、中身は写真や手紙など思い出の品ではないだろうか。たとえば元カレの、とか。今朝《けさ》見たテレビに、高校時代からの歴代元カレとのプリントシールを山ほど保管している同世代の女性が出ていて「すごいな」と引きぎみに呟いたムギに対し翠は無言だったこともあり、その推測は遠からず、という気がする。

「思い出の品物？」

だから思い切って質問した。家族写真や子どもの頃の写真なら見たいけど、元カレとの思い出をこそこそと持ち込まれるのは正直言っておもしろくない。

翠は少し迷ってから「うん」と頷いた。「写真？」と問うと、今度はもぞもぞしている。

「元カレとのプリントシールが山ほど入ってる、とか？」

ムギが精いっぱいクールな態度を装って軽い口調で訊くと、翠も今朝のテレビの内容がよぎったのか、首を振りながらちょっと笑っている。

「元カレとのプリントシールとか写真とか、そういうのはないよ。あー……もう正直に言う。でも、元カレから貰《もら》ったものです」

ムギも元カレといえば元カレだ。

ふたりがつきあったのは中学時代のたった八ヵ月で、その間にムギは誕生日を迎えたけれど、翠にプレゼントをあげたことはない。

「あ、ムギと撮《と》ったプリントシールは……親に見つかったときぜんぶ捨てられちゃって」

翠がしゅんとしたので、ムギは心底慌てた。テレビで見た例の女性に対するムギの「すごいな」の感想に翠が無言になっていたのは、悲しい記憶がよみがえったせいなのだろう。

「ごめん、翠。いやなことを思い出させてしまったな」

「いや、ううん。それはもう、いいんだ。当時は泣いたけど……ムギのせいじゃないよ」

それから翠は手元の箱を見下ろして「こんなの……引くよね」とつぶやいた。

引くよね、と確認しておきながら翠はムギの前で箱を開けようとしている。まさか中身を見せてから、ここで保管する許可を取ろうとしているのだろうか。

「えっ？　それを見せるというのか？　俺に？」

「だって、変に疑われたくないし」

今はただの思い出です、たいしたものではないです、とアピールするために？

そこまでするほど翠にとって大事なものならば……とムギの気持ちはかえってそれで軟化した。人の価値観や物に対する思い入れを、他人の自分が測るべきじゃないと考えたからだ。

十四歳で親元を離れて生きてきた翠にとって、他人との関わりはこちらが想像するよりずっと大切なものだったに違いない。中には翠を助けてくれた男もいただろう。

なんだか切なくなり、ムギは「見せなくていい」と翠をとめた。

「俺は自分の気持ちしか考えてなかった。大切な思い出なら、ずっと取っておくといい」

「えっ、そういうふうに言われると逆に見てほしくなる」

翠にずいっと寄られて、ムギはうっと息を詰める。

「いや……取っておくのはいいけど、元カレとの思い出の現物を見せられるのは……」

キツイ。さすがにそこまで寛容になれない。だって翠を愛しているからだ。

なのに翠が箱を開けて、中身を取り出すまでが速かった。とっさにムギが「ああっ」と目を背《そむ》けるが、四角の物体が視界の端に入る。

「……？」

顰《しか》めっ面《つら》のムギの顔の前に、翠が突き出したのはしみったれた紙製のコースターだった。

「写真じゃなかったから、これだけ奇跡的に無事で。実家を出るとき、しおりっぽく本に挟《はさ》んで持ち出したんだ」

「え？　それはなんだ？」

「はじめてデートした店で、ムギが飲んだアイスカフェラテの下に敷かれていたコースター。そのときもムギが『えっ？　こんなのどうするの』ってドン引きしてたし……。ムギとの当時の思い出はこれだけ。あとは、玄孫島《やしゃごじま》での写真とか、ムギと文通してたときにおれに送ってくれた写真とか、です……。最近の写真はいいとして、さすがにこのコースターは……」

キモくてごめんなさい、と翠が恥ずかしそうに項垂《うなだ》れる前で、ムギは感動の嵐の中にいた。

あの頃たったひとつしか残せなかった思い出の品を、翠は今日までそうやって大事に両手に抱えて生きてきたのだろうか――そう考えたら、いてもたってもいられない。

ムギは大切な思い出が入った箱を奪っていったんその辺に置き、翠をちからいっぱい掻《か》き抱いた。

「愛《いと》おしくて胸がつぶれるかと思った」

「そのわりに箱を冷静に置いてくれるあたり、さすがムギ」

「だって……それはつぶすわけにいかない。大切なものなんだろう？」

抱きしめた腕の中にいる翠に問うと、ぎゅっと抱きついてきて「もちろん」と頷いた。

この本を読んでのご意見、ご感想などをお寄せください。
川琴ゆい華先生・小椋ムク先生へのはげましのおたよりもお待ちしております。

〒113-0024　東京都文京区西片2-19-18　新書館
[編集部へのご意見・ご感想] ディアプラス編集部「恋にいちばん近い島」係
[先生方へのおたより] ディアプラス編集部気付　○○先生

- 初 出 -
恋にいちばん近い島：小説DEAR+ 2016年ナツ号（Vol.62）
愛にいちばん近い島：書き下ろし
恋の箱はつぶせない：書き下ろし

[こいにいちばんちかいしま]
恋にいちばん近い島
著者：川琴ゆい華 かわこと・ゆいか

初版発行：2017年5月25日

発行所：株式会社 新書館
[編集] 〒113-0024
東京都文京区西片2-19-18　電話（03）3811-2631
[営業] 〒174-0043
東京都板橋区坂下1-22-14　電話（03）5970-3840
[URL] http://www.shinshokan.co.jp/

印刷・製本：株式会社光邦

ISBN978-4-403-52427-1

ボーイズラブ

ディアプラス文庫

NOW ON SALE!!

新書館

✤安西リカ《あんざい・りか》

好きって言いたい イラスト おおやかずみ
好きで、好きで イラスト 木下けい子
恋みたいな、愛みたいな 好きで、好きで2 イラスト 木下けい子
何度でもリフレイン イラスト 小椋ムク
初恋ドローイング イラスト みろくことこ
ビューティフル・ガーデン イラスト 夏乃あゆみ
人魚姫のハイヒール イラスト 伊東七つ生
恋の傷あと イラスト 高久尚子

✤一穂ミチ《いちほ・みち》

雪よ林檎の香のごとく イラスト 竹美家らら
オールトの雲 イラスト 木下けい子
はな咲く家路 イラスト 松本ミーコハウス
Don't touch me イラスト 高久尚子
さみしさのレシピ イラスト 北上れん
ハートの問題 イラスト 三池ろむこ
シュガーギルド イラスト 小椋ムク
meet,again. イラスト 竹美家らら
ムーンライトマイル イラスト 木下けい子
バイバイ、ハックルベリー イラスト 金ひかる
ノーモアベット イラスト 二宮悦巳
甘い手、長い腕 イラスト 雨隠ギド
ワンダーリング イラスト 二宮悦巳
イエスかノーか半分か イラスト 竹美家らら
世界のまんなか イエスかノーか半分か2 イラスト 竹美家らら
おうちのありか イエスかノーか半分か3 イラスト 竹美家らら
さよなら一顆 イラスト 草間さかえ
ひつじの鍵 イラスト 山田2丁目
横顔と虹彩 イエスかノーか半分か番外篇 イラスト 竹美家らら

✤岩本 薫《いわもと・かおる》

プリティ・ベイビィズ①～③ イラスト 麻々原絵里依
スパイシー・ショコラ～プリティ・ベイビィズ～
ホーム・スイートホーム～プリティ・ベイビィズ～ イラスト 麻々原絵里依

✤可南さらさ《かなん・さらさ》

カップ一杯の愛で イラスト カワイチハル

✤華藤えれな《かとう・えれな》

愛のマタドール イラスト 葛西リカコ
裸のマタドール イラスト 葛西リカコ
飼育の小部屋～監禁チェリスト～ イラスト 小山田あみ
甘い夜伽　愛の織り姫 イラスト 小椋ムク

✤金坂理衣子《かねさか・りいこ》

気まぐれに惑って イラスト 小鳩めばる
漫画家が恋する理由 イラスト 街子マドカ
型にはまらぬ恋だから イラスト 佳門サエコ
恋人はファインダーの向こう イラスト みずかねりょう

✤川琴ゆい華《かわこと・ゆいか》

恋にいちばん近い島 イラスト 小椋ムク

✤柊平ハルモ《くいびら・はるも》

恋々 イラスト 北沢きょう
終われない恋 イラスト あさとえいり
身勝手な純愛 イラスト 駒城ミチヲ
ひとめぼれ王子さま イラスト 駒城ミチヲ

✤久我有加《くが・ありか》

キスの温度 イラスト 蔵王大志
光の地図 キスの温度2 イラスト 蔵王大志
長い間 イラスト 山田睦月
春の声 イラスト 藤崎一也
スピードをあげろ イラスト 藤崎一也
何でやねん！ 全2巻 イラスト 山田ユギ
無敵の探偵 イラスト 蔵王大志
落花の雪に踏み迷う イラスト 門地かおり（※定価630円）
わけも知らないで イラスト やしきゆかり
短いゆびきり イラスト 奥田七緒
ありふれた愛の言葉 イラスト 松本 花
明日、恋におちるはず イラスト 一之瀬綾子
あどけない熱 イラスト 樹 要
月も星もない イラスト 金ひかる（※定価630円）
月よ笑ってくれ 月も星もない2 イラスト 金ひかる
恋は甘いかソースの味か イラスト 街子マドカ
それは言わない約束だろう イラスト 桜城やや
どっちにしても俺のもの イラスト 夏目イサク
不実な男 イラスト 富士山ひょうた
簡単で散漫なキス イラスト 高久尚子
恋は愚かというけれど イラスト RURU
君を抱いて昼夜に恋す イラスト 麻々原絵里依
いつかお姫様が イラスト 山中ヒコ
普通ぐらいに愛してる イラスト 橋本あおい
恋で花実は咲くのです イラスト 草間さかえ
青空へ飛べ イラスト 高城たくみ
わがまま天国 イラスト 楢崎ねねこ
青い鳥になりたい イラスト 富士山ひょうた
海より深い愛はどっちだ イラスト 阿部あかね
ポケットに虹のかけら イラスト 陵クミコ
頬にしたたる恋の雨 イラスト 志水ゆき
魚心あれば恋心 イラスト 文月あつよ
思い込んだら命がけ！ イラスト 北別府ニカ
恋するソラマメ イラスト 金ひかる
恋の押し出し イラスト カキネ
におう桜のあだくらべ イラスト 佐々木久美子
君が笑えば世界も笑う イラスト 佐倉ハイジ
もっとずっときっと笑って イラスト 佐倉ハイジ
華の命は今宵まで イラスト 花村イチカ
嘘つきと弱虫 イラスト 木下けい子
幸せならいいじゃない イラスト おおやかずみ
酸いも甘いも恋のうち イラスト 志水ゆき
あの日の君と、今日の僕 イラスト 左京亜也

✤栗城 偲《くりき・しのぶ》

恋愛モジュール イラスト RURU
スイート×リスイート イラスト 金ひかる
君の隣で見えるもの イラスト 藤川桐子
素直じゃないひと イラスト 陵クミコ
ダーリン、アイラブユー イラスト みずかねりょう
いとを繋いだその先に イラスト 伊東七つ生
恋に語るに落ちてゆく イラスト 樹 要
君しか見えない イラスト 木下けい子
家政夫とパパ イラスト Ciel

✤小林典雅《こばやし・てんが》

たとえばこんな恋のはじまり イラスト 秋葉東子
執事と画学生、ときどき令嬢 イラスト 金ひかる
藍苺畑でつかまえて イラスト 夏目イサク
素敵な入れ替わり イラスト 木下けい子
あなたの好きな人について聞かせて イラスト おおやかずみ
デートしようよ イラスト 麻々原絵里依
国民的スターに恋してしまいました イラスト 佐倉ハイジ
武家の初恋 イラスト 松本 花
ロマンス、貸します イラスト 砧 菜々

✤桜木知沙子《さくらぎ・ちさこ》

現在治療中 全3巻 イラスト あとり硅子
HEAVEN イラスト 麻々原絵里依
あさがお ～morning glory～ 全2巻 イラスト 門地かおり
サマータイムブルース イラスト 山田睦月
愛が足りない イラスト 高野宮子

教えてよ イラスト 金ひかる
どうなってんだよ? イラスト 麻生 海
双子スピリッツ イラスト 高久尚子 (※定価651円)
メロンパン日和 イラスト 藤川桐子
好きになってはいけません イラスト 夏目イサク
演劇どうですか? イラスト 吉村
札幌の休日 全4巻 イラスト 北沢きょう
東京の休日 全2巻 イラスト 北沢きょう
夕暮れに手をつなぎ イラスト 青山十三
恋をひとかじり イラスト 三池ろむこ
友達に求愛されてます イラスト 佐倉ハイジ
特別になりたい イラスト 陵クミコ

✤菅野 彰《すがの・あきら》

眠れない夜の子供 イラスト 石原 理
愛がなければやってられない イラスト やまかみ梨由
17才 イラスト 坂井久仁江
恐怖のダーリン♡ イラスト 山田睦月
青春残酷物語 イラスト 山田睦月
なんでも屋ナンデモアリ アンダードッグ ①② イラスト 麻生 海
小さな君の、腕に抱かれて イラスト 木下けい子
レベッカ・ストリート イラスト 珂弐之ニカ
泣かない美人 イラスト 金ひかる
おまえが望む世界の終わりは イラスト 草間さかえ

✤砂原糖子《すなはら・とうこ》

斜向かいのヘブン イラスト 依田沙江美
セブンティーン・ドロップス イラスト 佐倉ハイジ
純情アイランド イラスト 夏目イサク (※定価651円)
204号室の恋 イラスト 藤井咲耶
言ノ葉ノ花 イラスト 三池ろむこ
言ノ葉ノ世界 イラスト 三池ろむこ
言ノ葉ノ使い イラスト 三池ろむこ
恋のはなし イラスト 高久尚子
恋のつづき 恋のはなし② イラスト 高久尚子
虹色スコール イラスト 佐倉ハイジ
15センチメートル未満の恋 イラスト 南野ましろ
スリープ イラスト 高井戸あけみ

スイーツキングダムの王様 イラスト 二宮悦巳
セーフティ・ゲーム イラスト 金ひかる
恋惑星へようこそ イラスト 南野ましろ
恋愛できない仕事なんです イラスト 北上れん
恋はドーナツの穴のように イラスト 宝井理人
恋じゃないみたい イラスト 小鳩めばる
全寮制男子校のお約束事 イラスト 夏目イサク
恋煩い イラスト 志水ゆき
リバーサイドベイビーズ イラスト 雨隠ギド
世界のすべてを君にあげるよ イラスト 三池ろむこ
毎日カノン、日日カノン イラスト 小椋ムク

✤月村 奎《つきむら・けい》

believe in you イラスト 佐久間智代
Spring has come! イラスト 南野ましろ
step by step イラスト 依田沙江美
もうひとつのドア イラスト 黒江ノリコ
秋霖高校第二寮 全3巻 イラスト 二宮悦巳
エンドレス・ゲーム イラスト 金ひかる (※定価682円)
エッグスタンド イラスト 二宮悦巳
きみの処方箋 イラスト 鈴木有布子
家賃 イラスト 松本 花
WISH イラスト 橋本あおい
ビター・スイート・レシピ イラスト 佐倉ハイジ
秋霖高校第二寮リターンズ 全3巻 イラスト 二宮悦巳
レジーデージー イラスト 依田沙江美
CHERRY イラスト 木下けい子
恋を知る イラスト 金ひかる
おとなり イラスト 陵クミコ
ブレッド・ウィナー イラスト 木下けい子
すき イラスト 麻々原絵里依
恋愛☆コンプレックス イラスト 陵クミコ
不器用なテレパシー イラスト 高星麻子
嫌よ嫌よも好きのうち? イラスト 小椋ムク
teenage blue イラスト 宝井理人
50番目のファーストラブ イラスト 高久尚子
恋する臆病者 イラスト 小椋ムク
すみれびより イラスト 草間さかえ
Release イラスト 松尾マアタ

遠回りする恋心 イラスト 真生るいす
恋は甘くない? イラスト 松尾マアタ

✤鳥谷しず《とりたに・しず》

スリーピング・クール・ビューティ イラスト 金ひかる
流れ星ふる恋がふる イラスト 大槻ミゥ
恋の花ひらくとき イラスト 香坂あきほ
恋色ミュージアム イラスト みずかねりょう
新世界恋愛革命 イラスト 周防佑未
神の庭で恋萌ゆる イラスト 宝井さき
その兄弟、恋愛不全 イラスト Ciel
契約に咲く花は イラスト 斑目ヒロ
恋よ、ハレルヤ イラスト 佐々木久美子
探偵の処女処方箋 イラスト 金ひかる
溺愛スウィートホーム イラスト 橋本あおい
お試し花嫁、片恋中 イラスト 左京亜也

✤名倉和希《なくら・わき》

はじまりは窓でした。 イラスト 阿部あかね
耳たぶに愛 イラスト 佐々木久美子
戸籍係の王子様 イラスト 高城たくみ
夜をひとりじめ イラスト 富士山ひょうた
ハッピーボウルで会いましょう イラスト 夏目イサク
神さま、お願い〜恋する狐の十年愛〜 イラスト 陵クミコ
愛の一筆書き イラスト 金ひかる
手をつないでキスをして イラスト Ciel
恋の魔法をかけましょう イラスト みずかねりょう
恋のプールが満ちるとき イラスト 街子マドカ

✤凪良ゆう《なぎら・ゆう》

ニアリーイコール イラスト 二宮悦巳

✤ひちわゆか《ひちわ・ゆか》

少年はKISSを浪費する イラスト 麻々原絵里依
ベッドルームで宿題を イラスト 二宮悦巳
十三階のハーフボイルド① イラスト 麻々原絵里依 (※定価620円)

✤水原とほる《みずはら・とほる》

仕立て屋の恋 イラスト あじみね朔生

金銀花の杜の巫女 イラスト 葛西リカコ

✤宮緒 葵《みやお・あおい》

奈落の底で待っていて イラスト 笠井あゆみ

✤夕映月子《ゆえ・つきこ》

天国に手が届く イラスト 木下けい子
てのひらにひとつ イラスト 三池ろむこ
京恋路上ル下ル イラスト まさお三月
王様、お手をどうぞ イラスト 周防佑未
恋してる、生きていく イラスト みずかねりょう

✤渡海奈穂《わたるみ・なほ》

甘えたがりで意地っ張り イラスト 三池ろむこ
ロマンチストなろくでなし イラスト 夏乃あゆみ
神さまと一緒 イラスト 窪スミコ
マイ・フェア・ダンディ イラスト 前田とも
夢は廃墟をかけめぐる☆ イラスト 依田沙江美
恋になるなら イラスト 富士山ひょうた
さらってよ イラスト 麻々原絵里依
正しい恋の悩み方 イラスト 佐々木久美子
手を伸ばして目を閉じないで イラスト 松本ミーコハウス
ゆっくりまっすぐ近くにおいで イラスト 金ひかる
兄弟の事情 イラスト 阿部あかね
恋人の事情 兄弟の事情2 イラスト 阿部あかね
未熟な誘惑 イラスト 二宮悦巳
たまには恋でも イラスト 佐倉ハイジ
カクゴはいいか イラスト 三池ろむこ
夢じゃないみたい イラスト カキネ
その親友と、恋人と。 イラスト 北上れん
恋でクラクラ イラスト 小鳩めばる
いばらの王子さま イラスト せのおあき
厄介と可愛げ イラスト 橋本あおい
絡まる恋の空回り イラスト 斑目ヒロ
運命かもしれない恋 イラスト 草間さかえ
ご主人様とは呼びたくない イラスト 栖山トリ子
俺のこと好きなくせに イラスト 金ひかる
さよなら恋にならない日 イラスト みずかねりょう